Recuérdame por qué te quiero

Natalia Junquera

Recuérdame por qué te quiero

Papel certificado por el Forest Stewardship Council®

Primera edición: julio de 2022

© 2022, Natalia Junquera
© 2022, Penguin Random House Grupo Editorial, S. A. U.
Travessera de Gràcia, 47-49. 08021 Barcelona

Printed in Spain – Impreso en España

ISBN: 978-84-9129-225-8
Depósito legal: B-7586-2022

Compuesto en Mirakel Studio, S. L. U.

Impreso en Rodesa,
Villatuerta (Navarra)

SL 9 2 2 5 8

A David

Mi estrategia es, en cambio,
más profunda y más simple.
Mi estrategia es,
que un día cualquiera,
no sé cómo ni sé
con qué pretexto,
por fin me necesites.

MARIO BENEDETTI

Eu cacheaba todolos segredos
das miñas mans valdeiras
porque algo foi que se me perdéu no Mar
alguén que chora dentro de min
por aquel outro eu
que se vai no veleiro
pra sempre
coma un morto
co peso eterno de todolos adeuses.

Yo buscaba todos los secretos
de mis manos vacías
porque hubo algo que se me perdió en el mar
alguien que llora dentro de mí
por aquel otro yo
que partió en velero
para siempre
como un muerto
con el peso eterno de todos los adioses.

MANUEL ANTONIO

PARTE I

LOLA

M ilagros es una aldea gallega ubicada al final de un camino de tierra que casi siempre se utiliza para salir. No hay reclamo para entrar, nada que en cualquier otro lugar no sea un poco mejor o se dé en mayor cantidad. Los perros, aburridos, no ladran a los desconocidos, y los únicos motivos de permanencia para sus vecinos son tan insignificantes como unas parcelas diminutas, unas cuantas gallinas y algunas vacas que, como sus dueños, tuvieron la mala suerte de nacer allí. Eso y el compromiso de esperar a los hombres que se despidieron prometiendo volver.

Es muy probable que el censo de animales de Milagros sea superior al de personas, y que el cementerio ocupe más espacio que las casas de los que siguen vivos. Quizá por eso las ausencias terminan adueñándose de todas las conversaciones, incluso las más inocentes, las que empiezan disimuladamente por un «cuánto llueve» o «cómo te va». Y quizá también por eso, una vez al año, en verano, los vecinos se introducen voluntariamente en féretros para celebrar que no están muertos. Son elegidos por sorteo y portados a hombros de sus paisanos. En Milagros no hay médico, pero sí cura, el padre Emilio, y una ermita con la imagen de una Virgen que fue pagada a escote y a plazos. Para amortizar la compra se decidió celebrar esa romería, que resultaría macabra de no ser porque después del paseo en ataúd hay baile, vino y chorizos. Al padre Emilio le parece bien porque le gustan mucho las cuatro cosas: la Virgen, el vino, los chorizos y arrimarse, y no necesariamente en ese orden.

El mar está relativamente cerca, pero muchos no lo han visto. En el puerto, cuando Manuel cogió el barco para ir a Argentina, a Lola no le angustiaba la idea de que no volviera a los tres años, como habían acordado, sino que su marido fuera a atravesar un océano entero sin saber nadar. «Malo será. Si hace falta, aprendo». Y se rieron por primera vez en muchos días.

El único teléfono de Milagros está en el bar, que en realidad era el bajo de la casa de Pepe y Maruxa hasta que un día él escribió con pintura blanca BAR en la pared. Sirve comidas a los viudos y vinos a los casados que, *cunca a cunca,* van reuniendo la determinación para marchar. El teléfono está al fondo de la barra, entre el cartel de la Compañía Transoceánica Argentina, que promete pasajes a otro mundo, y el último codo, el de Julián. Nadie sabría decir adónde iba antes de que Pepe y Maruxa decidieran diversificar sus ingresos. Siempre está allí y nadie le recuerda en ningún otro sitio. No se había casado y no se le conocía pareja. Tenía una de esas caras comunes que olvidas en cuanto dejas de mirarlas. Quizá había un bigote, probablemente unas gafas. Disponía, eso sí, de tres pantalones, cuatro chaquetas y cinco camisas. Los lunes se ponía la blanca; los martes, la azul; los miércoles, la verde; los jueves, la marrón; los viernes, la negra, y así sucesivamente. Era tan disciplinado con sus costumbres que resultaba más fiable que muchos calendarios. Podías saber qué día de la semana era tan solo asomándote al bar.

Pepe tiene dos cuadernos: uno para anotar lo que le deben los clientes, pese al cartel de NO SE FÍA que Maruxa le hizo colgar en la puerta, y otro para el alquiler del teléfono. Hay varias tarifas. Se paga por recibir llamadas y por hacerlas, con distintos costes según el país. Llamar a Alemania es más caro que llamar a México porque a Pepe le pareció que, como hablaban otro idioma, estaba más lejos —y nadie le corrigió—. Hay que reservar la hora de la llamada por adelantado —lo que anota en el cuaderno— y en este caso Pepe no fía —«Entiéndeme, es que perdería dinero»—. Las únicas llamadas gratis son al médico, que vive a veinte kilómetros.

La primera vez que Lola utilizó el teléfono fue casi un mes después de ver a su marido subirse al Juan de Garay. Se dirigió al bar a la hora acordada con Manuel, y abonada a Pepe, con bastante ilusión y mucha presión, decidida a quitarse de encima un peso que le había impedido dormir del tirón desde entonces: no estaba nada satisfecha con su última conversación. Al llegar a casa después de despedirse, le pareció que no había utilizado bien esos últimos minutos en el puerto. Tendría que haber sido más romántica, dejar en el aire una frase capaz de sobrevivir tres años, el tiempo que él iba a estar fuera, y haberle dado un beso igual de duradero, pero en lugar de eso introdujo en la cabeza de su marido un pensamiento horrible que hasta entonces él no tenía: la muerte por ahogamiento. Estaba convencida de que su último contacto físico, ese que tendría que apartar a la competencia durante tres inviernos, había sido precipitado y sin lengua. Esto último ya no tenía remedio, pero Lola se presentó en el bar dispuesta a arreglar el desastre de la despedida como fuera y con su mejor vestido.

Pensaba que ahora sería más fácil. No estaban tan nerviosos como el día del puerto. Manuel no había pegado ojo en toda la noche. Lola fue incapaz de desayunar — «Es como si tuviera un tractor atravesado en la garganta» —. Luego le pareció que también había elegido mal la ropa porque, aunque barajó varias opciones, al final fue práctica, pensó que igual hacía frío, y fue ese último pensamiento el que determinó cada prenda: un jersey viejo lleno de bolitas tozudas y una falda de franela. Tendría que haberse puesto el vestido que le gustaba a Manuel, el que ya no utilizaba porque le quedaba algo justo. «Como salte el botón, puedo sacarle un ojo a alguien», solía decirle. Esa imagen sí podría haber sobrevivido un tiempo. Trató de disculparse. Y de disculparlo. Porque no solo ella había estado torpe. Es cierto que Lola no dejó ninguna frase para la historia, ni le dio uno de esos besos que salen antes del «The End» de las películas. Pero él tampoco. De repente, allí, en el puerto, lo vio pequeño. Parecía un adolescente tímido, y creyó imposible que aquel hombre asustado, su marido, fuera capaz de ejecutar en la otra punta del mundo los planes que habían diseñado al milímetro durante meses, los que necesitaron para reunir el dinero del billete. Estaban nerviosos y había demasiado ruido. El muelle era una alfombra humana, como si Galicia entera hubiese decidido abandonarla al mismo tiempo. Unos *gaiteiros* tocaban entre la multitud, quizá para disimular los sonidos de las despedidas. Un cura confesaba *in situ* a los viajeros antes de enviarlos a otro mundo. Junto a Lola y Manuel, un padre arrimaba a su cintura la carita de un niño; los dos lloraban desconsolados al ver a sus familiares subir al barco. Otra mujer trataba de guardar la compostura apretando la mano de un pequeño que por primera vez se hacía preguntas sobre el tiempo. Seguramente pensó: «¿Cuánto hace falta para que se olviden de ti?». Lo que dijo fue: «¿Estarás aquí para mi cumpleaños?». El mundo se paró un rato a esperar aquella respuesta, pero el padre de la criatura, sabiendo que cualquiera de las que se le ocurrían provocarían más preguntas o llantos, por no mentir al pequeño, lo abrazó. Ninguno de ellos lo vio, pero en aquella alfombra de hombres, mujeres y niños que iban a poner un océano entre ellos había un fotógrafo, Manuel Ferrol. Llevaba la cámara semiescondida tras la gabardina y logró, de esa manera, capturar una imagen universal y eterna, el mejor retrato de la palabra «adiós».

La llamada de Manuel se retrasó varios minutos, lo que enrareció el ambiente: todo el bar miraba a Lola, al reloj y otra vez a Lola. Cuando por fin sonó el teléfono, pensó que el corazón se le salía por la boca, y lo primero que escuchó su marido al otro lado fue, nada más y nada menos, que una tos. Los primeros minutos, carísimos e irrecuperables, se esfumaron aclarando que no estaba enferma. A partir de ahí, la charla fue una sucesión algo atropellada de datos sin emoción. A Lola le pareció que habría sido la misma si en lugar de ser ella la interlocutora, al otro lado del teléfono hubiera estado cualquier vecino de Milagros: los mareos en el barco, que duraron todavía varios días en tierra; el control a la llegada; la disposición de los muebles de la habitación de la pensión que compartía con otro gallego que había conocido en el viaje...

Las dimensiones del bar de Maruxa y Pepe impedían la intimidad necesaria para que una pareja casi recién casada llevara la conversación a asuntos menos pragmáticos: un «te echo de menos» o «qué llevas puesto». Cuando se despidió —«Quérote moito»—, Julián le guiñó un ojo y ella se puso colorada como un tomate, aunque más de la rabia que de la vergüenza. Todo había sido aún más frustrante que en la despedida.

Julián sudaba. Dos sombras oscuras habían empezado a colonizar por las axilas la tela negra. Era viernes. Por supuesto, había escuchado toda la conversación de Lola, y muchas como aquella antes que la suya. Esto provocaba que, a menudo, las vecinas lo interrogaran para comparar. Querían saber la frecuencia de las llamadas de las demás; si reían, si lloraban, la forma de colgar... Con el tiempo se organizó una especie de moviola en la que las mujeres de Milagros analizaban el minuto a minuto de la conferencia a cambio de unos vinitos. Julián aprendió rápido a dejarlas contentas: «Te preocupas demasiado, Carmiña. ¿No ves que todo esto lo está haciendo por ti, boba? ¿Tú sabes la cantidad de horas que trabajan allá? ¡De día y de noche! No tienen tiempo para más»; «Pero ¿cómo va a encontrar a otra, Pilar? Allí no hay rapazas como las de aquí. Le das mil vueltas a las argentinas. A ver cuándo me traes esa empanada tan buena que haces»... Es difícil saber si eran mentiras piadosas o puro interés, pero la cara de aquellas mujeres se iluminaba muchas veces no después de hablar con sus maridos, sino tras escuchar la benévola interpretación que Julián hacía de sus conversaciones con ellos. Lola nunca se atrevió a preguntarle, aunque sí lo invitó a algún vino. Por eso, y por otras cosas —por ejemplo, una risa escandalosa que hacía que la mitad del bar se riera con ella y la otra mitad cambiara el tema de conversación para criticarla—, siempre fue su favorita, y por eso, también, Julián daba gracias al cielo de que ella no le preguntara nunca: a Lola no habría sido capaz de mentirle.

Las mujeres de Milagros saben, cuando se casan, que tarde o temprano sus maridos se irán. Se van y después, poco a poco, se llevan a los que se quedaron con ofertas de trabajo que llegan primero por teléfono y luego por carta formal. Los niños se hacen durante las visitas, de año en año, y hay un periodo de confusión en el que a los abuelos los llaman «papá».

Mientras en otros lugares está a punto de empezar la guerra por el largo de las minifaldas, en Milagros algunas casadas todavía se visten de negro para demostrar a los que permanecen que, aunque sus hombres se hayan ido a América, ellas no están disponibles. Guardan el luto de los que aún no han muerto, de los que todavía son pero no están, como una especie de rebaño en el limbo de los ausentes. Antes lo hacían todas; ahora, muchas menos. A Lola, su suegra no le dio opción: el día antes de que Manuel se fuera, se presentó en casa con un paquete de ropa oscura. Incluso se ofreció a teñir algunas prendas de lunares. Podría decirse que eso también es algo típico de Milagros: la costumbre de hacer regalos que en realidad no lo son.

Ellos se van para ganar el dinero que les permita salir de casa de sus padres y construir la suya propia, y para comprar cosas no porque las necesiten, sino porque las quieren. Como todo lo que no se tiene, el dinero es algo muy parecido a una obsesión en esta aldea.

Manuel y Lola no lo hablaron antes de la boda. Fue poco después cuando él sacó el tema que, tarde o temprano, abordaban todos los jóvenes de Milagros. Dijo algo similar a: «Así no podemos seguir, necesitamos intimidad», y pasaron tantos meses dándole vueltas al asunto que Lola llegó a creer que ese había sido el plan desde el principio, que no había otra opción. En realidad, con su relación sucedió algo parecido. Manuel insistió tanto, repitió tantas veces la barbaridad que sería no aprovechar la suerte de que dos personas hechas la una para la otra hubieran coincidido en aquella minúscula aldea, que al final ella, que no había pensado en él en esos términos, se dijo: «Bueno, pues a lo mejor tiene razón y yo estoy equivocada». Así fue como empezaron a verse de otra forma, es decir, voluntariamente, porque en Milagros tendría que llegar una plaga o un huracán para no cruzarse cada día con el censo completo de vecinos.

Manuel se enamoró enseguida, pero Lola tuvo que entrenarse. Él no hablaba de otra cosa, cualquier tema era una excusa para recordar una anécdota o exponer un futuro plan con «la mujer más guapa del mundo». Ella se olvidaba de él muchas veces a lo largo del día, distraída en otras cosas. Eso hacía que en ocasiones se sintiera culpable, sobre todo cuando se veían y Manuel le preguntaba con una sonrisa de oreja a oreja:

—¿Pensaste mucho en mí hoy?

—Un poco.

—No me engañes, ¿eh?

Lola, efectivamente, lo engañaba, pero por motivos contrarios a los que imaginaba Manuel. Si contestaba «un poco» la realidad era que no había pensado nada en él, y si decía «mucho» era que un poco. Pero después de verse voluntariamente muchas veces acabó ilusionándose. Cuando él le pidió que se casaran, ella aceptó con un «sí, claro», convencida de que era lo que quería hacer. Manuel había embarcado a los alumnos de la escuela en la operación. Al terminar las clases, a grito pelado, los niños preguntaron al unísono: «Profe, ¿quieres casarte conmigo?». Cuando ella se dio la vuelta, descubrió a Manuel al fondo, con un ramo de flores enorme y la cara más feliz que había visto en su vida. Le respondió todavía desde la pizarra, él se acercó a besarla y los niños empezaron a silbar y a reír como locos, excitadísimos. Lo contarían con pelos y señales muchos años después, entre relatos de peticiones de matrimonio mucho más convencionales, las suyas. Manuel acababa de fastidiarles el futuro porque nadie se acercaría nunca a ellos con un despliegue de romanticismo semejante.

En todo caso, a Lola no le importaba tener solo un par de zapatos y se encontraba a gusto en casa de sus suegros. Se llevaba muy bien con Anselmo, el padre de Manuel, que padecería una de esas enfermedades en las que los de alrededor sufren más que el paciente. También con su cuñado, Pablo, que en realidad fue el primero que le interesó de la familia, aunque esto solo lo sabía ella.

Pablo hablaba poco, tenía la cara huesuda, los ojos tristes y una cualidad que pasaba desapercibida o era mal entendida: el misterio. Nunca sabías qué estaba pensando, qué iba a decir, qué podía pasar. El día que se dio cuenta, y precisamente por descubrir eso que para otros era una rareza y, por tanto, un defecto, Lola se sintió importante, mejor. Pero de eso hacía mucho tiempo. Fue mucho antes de que en ese pelazo en el que siempre quiso hundir sus manos aparecieran unas canas estratégicas, como si alguien las hubiese pintado con un pincel para hacer que pareciera aún más interesante.

El guapo oficial era Manuel. Tenía el pelo rubio, de un color trigueño y brillante. Cuando dejaba de llover y caminaba más lento para ir de un sitio a otro de la aldea, era evidente que el sol

RECUÉRDAME POR QUÉ TE QUIERO

se fijaba siempre, solo en él. Miraba con los ojos azules de su abuelo y disponía de dos hoyitos que aparecían, como un premio, cuando alguien le hacía reír. Le gustaba gustar, y para combatir la envidia practicó desde pequeño la compasión. Si alguien se burlaba de uno menos agraciado, intervenía de inmediato; si otro necesitaba ayuda, él acudía el primero, a modo de penitencia por aquellos estupendos genes que le habían tocado en el sorteo que sus padres celebraron una noche, algo achispados, a la vuelta de la romería y dos años después de tener a Pablo, el primogénito.

Creyeron que los educaban de la misma manera, pero muy pronto ambos mostraron un carácter muy diferente. Manuel era expansivo, carismático, siempre les hacía reír. Pablo tardó bastante en empezar a hablar y su madre, Virtudes, llegó a estar verdaderamente preocupada, aunque con el tiempo quedó claro que no era un retraso de aprendizaje sino una acción deliberada, es decir, una estrategia: callaba para escuchar, para conocer. Era disciplinado y obediente y eso provocó, como en tantas familias, que le prestaran menos atención que al rebelde, como en esas casas donde se celebran por todo lo alto los aprobados de un hermano, nunca los sobresalientes del otro. La indulgencia hacia el pequeño se servía en grandes dosis, como un jarabe amargo. El primogénito supo, mucho antes de averiguar que los Reyes eran sus padres, que mérito y recompensa no siempre iban de la mano, y aprendió a convivir con aquellas pequeñas injusticias domésticas, cotidianas. Podían haberle convertido en un ser áspero, pero no fue así. Un día, para dejar de estar enfadado, cogió un libro. La lectura curó la rabia, le dio paz: entre todas las grandes historias se dio cuenta de lo insignificantes que eran sus problemas.

No quiso macharse. Dijo que prefería quedarse y cuidar de su padre, quien un día le pidió en el campo, llorando entre el maíz, que no se fuera. Pero aquella no fue la única razón, ni siquiera la primera. A Pablo le gustaba que el pan fuera un cuerpo caliente, envuelto en un trapo que recogía cada día en el horno de Rosa y que se metía debajo del jersey si llevaba las manos ocupadas; que los zapatos pasasen la mayor parte del tiempo en una caja en el armario; que le obedecieran los animales; que le llamasen «el soltero de oro». Le gustaba darse pequeños premios cada día: un rato para leer a solas en el pajar; un vino en el bar de Pepe. Le gustaba fabricar juguetes de viento para los niños. Que saliera el sol; que lloviera. Que la única mujer que le interesaba estuviese tan cerca.

Ella fue siempre una cabeza más alta que las demás, y a Pablo le parecía, cuando la veía caminar, que era el único ser de la tierra del que la física tiraba hacia arriba y no hacia abajo. Lola era la maestra y esto hacía que tuvieran muchas más cosas de las que hablar, aunque no siempre lo hicieran. Fue Manuel el que empezó a esperarla cuando terminaba de trabajar, el que jugaba a escandalizarla con sus piropos, el que se atrevía a sacarla a bailar en las fiestas. Pablo estaba convencido de que les había unido un instinto natural, una especie de fuerza biológica que los empujó a seleccionar al semejante para seguir produciendo belleza. Manoliño heredó los ojos azules del bisabuelo y los hoyitos de su padre. Celia nació con unas pestañas que daban la vuelta a la manzana. Pablo quería a aquellos niños con todas sus fuerzas, como si fueran suyos. Después de todo, era su cama en la que se metían para distraerse de los truenos. Fue él quien los enseñó a montar en bici, a cazar escarabajos, a celebrar los huevos de las gallinas cuando iban a verlas por las mañanas… y casi todo lo demás.

Cuando Manoliño y Celia salían con Pablo a hacer todas estas cosas ya habían llegado los sesenta, pero en esta aldea el tiempo no transcurre de la misma manera que en el resto del país, de un modo similar a lo que sucede con los humanos y los perros. No se rigen, por ejemplo, por las estaciones del año, porque allí el invierno nunca ha durado tres meses. Los días se parecen unos a otros como gotas de agua y casi siempre, al empezarlos, uno sabe cómo van a terminar. Sí hay momento de sembrar y de recoger, y otras referencias como «antes y después de la romería». Debido a esas particularidades, en Milagros no son importantes cosas que en otros lugares sí lo son, y viceversa. Sucesos que en otros territorios adoptan la forma de los problemas, ocupando su espacio, imitando su gravedad y trascendencia, aquí son lujos, distracciones que no se pueden permitir. Al turista —si los hubiera— le parecería que sus habitantes gozan de una vida terriblemente sencilla, y en apariencia lo es. Los mirarían, por ese motivo, con curiosidad y quizá envidia o admiración, como se observa a las fieras despreocupadas de un zoo. Y se equivocarían. También dibuja el mar desde la costa una perfecta línea recta en el mismo lugar donde las olas zarandean los barcos. Pero no importa el orden que transmita un decorado, cualquier perímetro humano es siempre un foco de emociones y, por tanto, una bomba de relojería.

Las llamadas del bar nunca salieron bien del todo. El cariño era algo breve, que aparecía en el saludo y en la despedida, en medio de un relato de giros postales, indicaciones y un resumen de los últimos acontecimientos, como la escaleta de un informativo. Lola prefería las cartas, pero fue lo primero que se acabó. «Ya sabes que no se me da bien escribir», se justificaba él por teléfono. Ella insistía porque era lo único que podía enseñar a sus hijos de aquel hombre de la foto enmarcada por el que cada vez preguntaban menos. Hicieron dos en las primeras visitas. Con Manoliño él se ilusionó mucho. De Celia se olvidó en el primer viaje de regreso tras el parto. «¿Qué regalo le iba a traer? ¡Si solo tiene cuatro años!».

Entre una llamada y otra pasaban demasiadas cosas, demasiados estados de ánimo. En Milagros moría algún vecino, se llevaban un susto con algún niño, otro hacía algo muy gracioso, aparecía una plaga en un huerto, enfermaba una vaca, el hijo de alguien empezaba una relación con la hija de alguien, Lola trataba de conseguir una beca para que el chaval más listo de la clase siguiera estudiando, un vecino marchaba, otro volvía... En Argentina, Manuel se sentía solo y detestaba el trabajo en el puerto. El tiempo que transcurría entre una comunicación y otra era directamente proporcional a la tensión con la que comenzaba la conferencia. A menudo, al colgar, no habían sido capaces de superarla y ninguno había hecho reír al otro. Julián lo sabía bien.

De todas las formas de tortura, la peor es la incertidumbre, que trabaja como una termita voraz, conquistando el espacio para todo lo demás. Cuando Manuel llevaba ya nueve años fuera y dos sin hacer visita, los vecinos empezaron a preguntar cuándo volvería definitivamente. «Todavía falta», respondía Lola sin tener ni idea de cuánto ni si era verdad. Por las noches les contaba a sus hijos cuentos sobre su padre, para que no olvidaran a un hombre al que en realidad no conocían. Los relatos incluían todo tipo de hazañas épicas, como la vez que salvó a un niño en el río —esta servía también para que no se metieran nunca solos en él—; cuando esquivó un rayo, cuando ayudó a apagar un incendio. Lola cogía prestadas escenas de películas, historias de libros y anécdotas de otras familias para que los niños pensaran que también tenían una. Que sus hijos no quisieran a su padre era algo que la entristecía tanto como la sospecha de que su padre no pensara en ellos tanto como debería.

La última vez que los visitó había sido un desastre.

Manuel no tenía buen aspecto, aunque al principio ella lo atribuyó al cansancio del viaje. El primer beso, en la puerta, tampoco fue digno de todo el tiempo que llevaban sin dárselos. Parecían dos adolescentes tímidos. Lola se había esforzado en ilusionar a los niños con la visita. Los vistió de domingo aunque era lunes, hicieron juntos una tarta y les sugirió que pintaran un dibujo de recibimiento para su padre. Cuando se los entregaron, notó que Manuel se ponía triste y ella les pidió que se los enseñaran. En el de Manoliño, Pablo parecía un castillo al lado de su padre, que estaba en la esquina derecha y solo tenía un brazo, como si se hubiera olvidado de dejar espacio para dibujarlo. En el de Celia, que había dibujado también Manoliño siguiendo rigurosamente sus indicaciones, «tío Pablo» tenía un arcoíris sobre la cabeza y «papá» aparecía sin boca ni ojos. Era muy pequeña. Todavía no había sentido la necesidad de mentir ni sabía hacerlo. No quiso dibujar la expresión de su padre porque no la recordaba.

Manuel se recompuso: picoteó las caritas de sus hijos —«¡Son besos de pájaro!»— y Celia le enseñó a dar «los de mariposa» con sus pestañas eternas. Luego le pidió que le hiciera una trenza, pero él no fue capaz. Lola lo solucionó con alguna broma. Lo hacía siempre que alguien se ponía muy serio en su presencia. Esa noche hicieron el amor con torpeza, como si fuera la primera vez. Los dos trataban de disimular los estragos de la distancia, pero empezaba a ser muy evidente que cualquier gesto de cariño, cualquier conversación implicaba un esfuerzo descomunal. Cada vez que los vecinos les decían por la calle cosas como: «¡Qué gusto veros juntos!», «¡Estaréis felices!», ellos se preguntaban por qué no lo eran. La presión por volver a serlo, por aprovechar esos días para recuperar la intimidad y comportarse con naturalidad, irritaba a Manuel y entristecía a Lola.

El ambiente en casa iba cargándose poco a poco. Celia, que dormía con su madre, vio en su padre a un competidor. Manoliño le pidió un día que lo llevara de paseo, esperando que les pasara alguna de aquellas aventuras extraordinarias que su madre les contaba por las noches, pero su padre apenas habló por el camino y no contestaba a sus preguntas, que como las de cualquier niño eran infinitas y no siempre fáciles. Manuel regresó exhausto y anunció que se iba al bar. Manoliño ya no volvió a pedirle que salieran «a explorar».

Todos se habían acostumbrado a la ausencia, lo que convertía la convivencia en una sucesión de imprevistos e incomodidades. Manuel no soportaba el ruido que hacían los niños, lo demandantes que eran, y al mismo tiempo le frustraba darse cuenta de la poca conexión que tenía con ellos, que empezaban demasiadas frases con «el tío Pablo»: «El tío Pablo nos hizo este juguete», «El tío Pablo nos llevó a ver el mar», «El tío Pablo está loco, ¿sabes lo que hizo el otro día...?». Eso cuando no estaba su hermano. Porque en cuanto aparecía, los niños se lanzaban a él como si acabara de entrar por la puerta el mismísimo Papá Noel.

Pablo, que se dio cuenta, intentó involucrar a Manuel en los juegos de los pequeños, ayudarlo a entenderlos mejor, pero su hermano estaba demasiado enfadado con el mundo para hacer aquel esfuerzo.

Los primeros días estaba triste, y los últimos, muy irascible. Un día, desesperado, y recién llegado del bar, donde pasaba la mayor parte del tiempo que estaba en Milagros —«Pero qué fas aquí, Manolo, co que tes na casa?», le decía Pepe—, les pegó un grito y cerró la puerta de un portazo. Lola, que lo vio todo, se apresuró, como siempre, a hacerles una broma para distraerlos y que no diera tiempo a que aquella escena se convirtiera en recuerdo, en uno de los pocos recuerdos que iban a tener de su padre.

Los últimos días eran los peores y cuando se dirigían al puerto, junto a todo lo demás, había también una sensación de alivio. Ambos la detectaban en el otro y eso añadía amargura a la despedida. En esas circunstancias era imposible no preguntarse si el sacrificio merecía la pena, y aunque para cualquier espectador resultaba obvio que no, ninguno de los dos se atrevió nunca a verbalizarlo. Nadie dijo «vente conmigo» o «quédate».

Y así fueron pasando los años.

Ellos no se daban cuenta porque siempre parecía haber alguien en una situación algo peor, pero la mayoría de los habitantes de Milagros fueron, durante mucho tiempo, lo que hoy llamaríamos pobres. Los niños tenían que caminar varios kilómetros para llegar a la escuela, una antigua cuadra grande y fría donde se mezclaban críos de todas las edades. Iban en zuecos porque daban calor y porque el camino estaba casi siempre embarrado, y si la maestra callaba un minuto para dejarlos pensar, pintar o escribir, podía oírse un concierto de tripas hambrientas. El día que Lola preguntó en medio de una clase cuántos habían desayunado, ninguno levantó la mano. Uno de los niños, convertido en portavoz de la orquesta, repitió algo que seguramente había escuchado en casa: «Es que la comida daña la memoria, señora maestra. Si comemos antes de venir, olvidaremos todo lo que nos enseña». Pasarían muchos años antes de que cualquiera de ellos probara un plátano, una fruta exótica que decían que crecía con la misma violencia de los *toxos* en unas islas mágicas donde nunca llovía.

Los animales se guardaban dentro de las casas, pegados a la cocina, porque eran una fuente de calor. A los pollitos les dejaban entrar hasta la *lareira,* cuando la había, para que no murieran de frío.

La ropa se lavaba en el río y duraba muchos inviernos porque pasaba de unos hermanos a otros, y cuando se rompía, se remendaba. Las costureras iban de vez en cuando por las casas de Milagros para arreglar bajos, zurcir calcetines y, si tenían suerte y estaba previsto algún acontecimiento especial, coser un traje o un vestido. Una parte de su trabajo la cobraban en especie: comiendo del mismo plato que la familia que les encomendaba la segunda, tercera o cuarta vida de sus prendas.

Ponerse enfermo era demasiado caro: el médico estaba lejos y había que pagarle, así que los vecinos de Milagros trataban de comportarse como si siempre estuvieran sanos. Ignoraban la enfermedad el mayor tiempo posible, a ver si así, de puro aburrimiento, el bicho se iba. Solo recurrían al doctor si el asunto era grave, y aun así el doctor remoloneaba si tenía la sospecha de que quien solicitaba sus servicios no tenía dinero. Por este motivo se ganó una fama terrible y el estribillo de una canción satírica, que, como todas las que se cantan en Milagros, se reía de sus propias desgracias. Hubo una mujer que estuvo

a punto de fallecer en el parto porque la nego-
ciación con el marido, que fue a buscarlo cuando
ya era evidente que aquel bebé no salía por sí
mismo, duró más de la cuenta. La madre sobre-
vivió, pero el pequeño no, y el matrimonio ya
no pudo tener más hijos. Al final de aquella noche eterna, Manola y Darío tenían un bebé y tres
ovejas menos.

El agua venía de la lluvia, del río y de una
fuente. Hasta bien entrados los sesenta no supie-
ron lo que era un grifo.

Tampoco existía prácticamente el ocio. Aún
recuerdan cómo echaron a patadas al primero que
apareció en bicicleta intentando vender una radio,
aunque el vendedor, hábil, dijo que la dejaba gratis durante una semana en casa de «los señoritos»,
donde había visto corretear a varios niños y hablar
a otros. Cuando volvió a por ella, Modesto hizo
el amago de devolverla, pero los críos montaron
tal escandalera que la radio, como había apostado
aquel ejecutivo de ventas en bici, al final se quedó.

La familia más rica de la aldea trabajaba,
como las demás, de sol a sol en el campo, y si les
llamaban «los señoritos» era solo porque su casa
tenía un escudo grabado en la piedra y porque
habían heredado algunos pedazos más de tierra

a los que había que estrujar para que produjeran lo suficiente para alimentar a los hijos y cubrir gastos.

Pese a todo, era imposible visitar alguna de aquellas casas y no salir con un cesto de huevos, un par de lechugas o un pedazo de empanada. Los milagreses eran hospitalarios y generosos hasta lo temerario. Una vez al mes, frente al escudo, se organizaba una cola de ocho o diez mujeres y niños mal vestidos, y peor calzados, a la espera de que Pura, la matriarca, les diera una taza de caldo. Venían de otras aldeas y muchas veces aquella mujer de edad indeterminada, que a punto estuvo de enterrar a toda la aldea, tuvo que rellenar la taza después de que una madre o su hijo devolvieran la primera porque el estómago se acostumbra a las ausencias mucho antes que la cabeza. Pura parió diez hijos que aún creen que la engañaban cuando de pequeños decían que estaban enfermos para que les hicieran un huevo. En la mayoría de las casas de Milagros y de Galicia, lo mejor —por ejemplo, un huevo— era siempre para los demás y se vendía.

Cuando el mayor de los señoritos propuso a sus padres construir un balcón en la fachada para aprovechar la bonita vista desde la cocina —aquel verde escandaloso era la única compensación que ofrecía la lluvia inmisericorde—, Modesto y Pura lo miraron como si fuera un desconocido: «Toleaches? Non hai que presumir. Qué vai pensar a xente?». La primera lección que recibían los niños de Milagros era esa: «no destaques», pero con el tiempo, convertidos en emigrantes, algunos aprenderían a ser ostentosos. Contratarían a alguien que llamaría «jardín» al verde que rodeaba cada vivienda y lo poblarían de formas artificiosas, con árboles diminutos, setos perfectamente cuadrados y flores de boda. Comprarían coches enormes, tan ruidosos como relucientes, y algunos colocarían pomposos carteles en la entrada de lo que ya no era una casa sino una «villa». Pero entonces no. Entonces la discreción era en esta aldea una virtud a la misma altura de la generosidad y la nobleza, y lo contrario, un defecto imperdonable, una tara como cualquier otra.

Las familias eran largas, el que menos tenía cinco hijos, pero coincidían solo unos pocos años porque siempre había alguien que faltaba: moría, emigraba o se iba a servir a otra casa a cambio de un plato diario de comida.

Para no tener que responderlas, los milagreses se hacían pocas preguntas. Si alguno tuvo la tentación de cuestionar si aquello era todo, si no merecían o podían aspirar a algo más, resistió. Aunque una vez, cuando Manuel y otros muchos llevaban ya unos cuantos años fuera, en el bar alguien abrió un debate sobre eso, las oportunidades. Acababan de ver en el cine de verano una película titulada *Surcos* y fue más o menos así:

—¿Qué pasaría si nos quedáramos?

—¿Si nos quedáramos?

—Sí, si los jóvenes no tuvieran que marcharse. Si en Galicia no solo hubiera niños, mujeres esperando y viejos. Si todas esas manos se quedaran, si intentaran prosperar aquí, en su tierra.

—¿Prosperar?

—Sí, prosperar, vivir mejor.

—Necesitamos un cacique de esos.

—¿Tú sabes lo que es un cacique?

—Sé que lo necesitamos.

—Debe de haber más gallegos fuera que dentro. Si un día volvieran todos, no íbamos a caber.

—¿Entonces? Aclárate.

—Boh.

Con los giros que sus maridos les enviaban desde una decena de países, las mujeres de Milagros iban pagando a los obreros para levantar su propia casa y salir de la de sus padres o sus suegros. Lola los vio dibujar parcelas, levantar muros, pintar paredes, colocar tejas y llenar las viviendas, poco a poco, de planes y muebles. Hizo decenas de tortas y empanadas para llevar a sus vecinas cuando por fin las terminaban, celebrando la vida de las demás mientras la suya seguía en suspenso. Al principio, ellas le preguntaban por qué no estaba haciendo lo mismo, por qué no había llamado aún a los albañiles. Lola sonreía y se encogía de hombros porque la omisión siempre le pareció mejor que la mentira. Las que la querían lo entendieron y dejaron de preguntar. Todas comentaban, a menudo, cuando ella no estaba presente, sus sospechas. Las que la querían, al principio defendían a Manuel porque era la forma de defender a su amiga: «¡Claro que va a volver!». Las que no la querían, las que en algún momento habían envidiado a Lola por llevarse al hombre más guapo de la aldea, eran, sin embargo, las que tenían razón.

Lo peor, con todo, no era contemplar aquellas casas terminadas. Lo peor era ver cómo sus dueños volvían para inaugurarlas. Ir sola a todas las fiestas de recibimiento. Verlos pasear juntos, el brazo de ellos por encima del hombro de ellas;

el ruido detrás de las puertas, las peleas, las risas; los niños sobre los hombros de sus padres en las romerías; su disposición en misa, ocupando bancos enteros, vestidos con sus mejores y coloreadas prendas. Y las miradas. Esas miradas de pena que, sin darse cuenta, le dedicaban sus vecinos. Eso era lo peor. El día que fue su propio hijo el que la miró así después de preguntarle por qué seguía esperando a su padre, Lola lloró toda la noche con la boca pegada a la almohada para amortiguar los ruidos que hace la vergüenza.

Para evitar las preguntas primero, y las miradas después, Lola fue aislándose poco a poco y redujo su círculo de amistades prácticamente a Aurora, quien esperaba, como ella, a su marido. José se había marchado a México un par de años antes, enviaba dinero puntualmente y llamaba de vez en cuando. Apenas hablaban de ellos. Era como una norma no escrita para que cada uno de sus encuentros fuera una especie de recreo de la realidad. Por esa misma razón les gustaba ponerse el consultorio radiofónico de Elena Francis.

A veces se reían de aquellas mujeres ingenuas, de lo barata que podía ser la desesperación —un grano en la nariz, una mancha terca en el vestido de los domingos— y de los consejos absurdos que recibían: «Es mucho mejor que mire para otro lado. Procure hacer lo más grato posible su hogar, no ponga mala cara cuando él llegue». Otras veces se indignaban con las recetas de aquella gurú sentimental cuya verdadera misión era, como miembro de la Sección Femenina, que las mujeres olvidaran la cuota de libertad, la autonomía y los derechos obtenidos en la República. Que se hicieran las ciegas, sordas y mudas.

El día que, tras leer la carta de una mujer que relataba cómo su marido le pegaba palizas delante de su hija de diez años, Elena Francis le dedicó una reprimenda: «Sea valiente, no descuide un solo instante su arreglo personal. Y cuando él llegue a casa, muéstrese dispuesta a complacerlo en todo cuanto le pida», Lola lanzó una zapatilla a la radio. Nunca llegaron a verbalizarlo, pero las dos eran muy conscientes de que se ponían el programa porque escuchando aquellos relatos salvajes, entre aquellas pequeñas y grandes desgracias, la suya se hacía más llevadera. Escuchar el consultorio era una forma de diversificar el sufrimiento, de convencerse de que el suyo podía ser peor. Esa certeza era entonces el único alivio que podían permitirse.

Aquellas tardes unieron mucho a las dos mujeres, hasta que llegó un momento en el que eran capaces de entenderse sin hablar, como un matrimonio viejo. Con solo mirarse ya sabían si era un día corriente, uno regular o uno de esos en los que les había costado horrores levantarse de la cama para aparentar que todo en su vida estaba en orden. No se parecían mucho. Aurora era más joven. En el pasado había sufrido menos y por eso en el presente sufría más. Lola era más dura. Lo bueno le había durado siempre muy poco y eso había provocado que desarrollara una especie de habilidad para relativizar lo malo y disfrutar al máximo cuando podía. Por eso, por ejemplo, tenía aquella risa escandalosa. Por eso, también, encontraba siempre la broma, la palabra precisa para refrescar el ambiente cuando alguien se ponía tenso o triste. Con los años había perfeccionado tanto esa técnica que casi siempre resultaba eficaz; pero solo funcionaba con los demás, nunca consigo misma.

Los días peores se levantaba muy enfadada e imaginaba que hablaba con él. «Si estuvieras muerto no te lloraría tanto. Llegaría un momento en que el luto terminaría y la gente lo entendería, se alegraría por mí. La gente entiende a las viudas pero no a las mujeres como nosotras... ¿Cómo nos llaman? Las incautas, las estúpidas, las abandonadas...». Los días mejores enumeraba mentalmente todo tipo de justificaciones para la falta de noticias de Manuel y hasta lo compadecía por la angustia que debía de estar pasando al no poder comunicarse con ella.

A veces tenía pesadillas. Aunque lo había visto en tres visitas después del viaje a Argentina, soñaba con el cuerpo ahogado de Manuel: lo veía tirado en una orilla, con la boca llena de algas y cangrejos que se acercaban de forma angustiosa a sus ojos azules y abiertos. Pero la mayoría de las noches tenía sueños agradables. Algunas personas sueñan de manera recurrente que vuelan, que les toca la lotería o que alguien las persigue. Lola soñaba con lo que para la mayoría resulta cotidiano, con todos los hábitos que le habían sido vetados. La felicidad era algo corriente que, sin embargo, estaba fuera de su alcance: desayunar, comer, cenar con su marido. Pasear con él. Despedirse por las mañanas con un beso, antes de irse a trabajar, sabiendo que era solo por unas horas. Hacer recados juntos, o encargárselos mutuamente. Enfadarse, reconciliarse...

En aquella vida paralela, pequeña y ficticia era feliz. Irse a dormir era el mejor momento del día, una especie de consuelo entre la fe de las noches, cuando todo parecía posible, y la certeza de la mañana siguiente, cuando se despertaba sola y sabía que tendría que pasar el resto de la jornada convenciéndose de que no sería así para siempre.

Para facilitar ese ejercicio nocturno solía releer en la cama las pocas cartas que tenía de Manuel. Nunca fue consciente del motivo real por el que lo hacía, porque el miedo a que él se olvidara de ella ocultó durante años el miedo que ella misma tenía a olvidarse de él. Las cartas se las sabía de memoria, no hubiera necesitado releerlas, pero le gustaba ver su letra e imaginárselo sentándose a escribir para, de alguna forma, estar con ella, pensando en lo que le pondría, releyendo la carta al terminarla y copiándola de nuevo si detectaba alguna falta de ortografía o alguna expresión equívoca; yendo luego a comprar un sello, con la carta en el bolsillo hasta que la enviaba y dedicándole tiempo, que finalmente, es la primera forma de demostrar afecto.

A veces, en sus cartas, en esas cartas que se acabaron tan pronto, Manuel incluía momentos que ella también necesitaba recordar, sobre todo cuando su ausencia superó al tiempo que habían pasado juntos. A Lola le encantaban aquellas anécdotas de cuando él empezaba a conquistarla, los malentendidos, las risas…, de la misma manera que a los niños les encanta que sus padres les cuenten historias de cuando eran (todavía) más pequeños. No había muchos episodios porque no hubo muchas cartas, pero llegó un momento en que habían pasado tantos años desde la despedida en el puerto que la única prueba de que esos instantes existieron eran aquellas líneas. Allí se contaba, por ejemplo, que Manuel le dijo un día, cuando apenas habían intercambiado dos palabras: «Tú y yo vamos a morir juntos». Y que Lola lo miró con escepticismo e hizo lo que hacía siempre que algo la incomodaba: una broma. «¿De viejos?», le preguntó. «De viejos», respondió él, sonriendo para que lucieran sus dos hoyitos. También se hablaba en aquellas cartas de todas las veces que ella contestó que no antes que sí. De cuando se escaparon hasta A Coruña y él le dijo: «Es que lo sabía, todas las mujeres del mundo son menos guapas que tú». De cuando se robaban caricias rapidísimas, invisibles al ojo humano, en el cine de verano. De cuando Manuel aparecía a todas horas y mostraba tanto interés que Lola llegaba a agobiarse. De la boda, y las lágrimas que le cayeron cuando la vio aparecer en la ermita; y de cómo esa tarde, con unas copas de más (ambos), estuvo a punto de pegarle un empujón al padre Emilio, que se arrimaba demasiado y pretendía bailar con Lola más que el novio. De la luna de miel en Santiago, de la belleza de la niebla, el ruido de la lluvia en la ventana y la sensación, nunca más repetida, de no tener otra obligación que disfrutar del otro, allí, en la cama de una pensión que les parecía un palacio por la única razón de estar lejos de Milagros. El mundo llegaba entonces solo hasta A Coruña y se acababa en Santiago. Era más que suficiente.

A Manoliño le enfurecía ver aquellas cartas manoseadas, roídas por los bordes y con unos sospechosos huecos entre la tinta, en la mesita de noche de su madre cuando ya tenía la edad suficiente para entender algunas cosas e iba a despertarla por las mañanas. Solo se lo dijo una vez: el día que el cartero llamó a la puerta y le entregó un enorme y pesado sobre lleno de sellos argentinos. La escena fue de una crueldad infinita porque durante unos segundos, los que le llevó saludar a Venancio, darle las gracias, abrir el sobre

y vaciar su contenido, a Lola le había dado tiempo a imaginar todo tipo de sorpresas agradables.
Para compensar el tiempo que llevaba sin dar señales de vida, Manuel les había escrito un diario,
encabezado por una ristra de sentidas disculpas
y la petición de que se lo leyera también a Manoliño y a Celia. Manuel había recopilado fotografías y postales de los lugares en los que había estado para compartirlos con ellos. Manuel había
hecho decenas de croquis con ideas para su nueva
casa en Milagros. Manuel se acordaba de ellos,
sufría por la distancia, y los echaba tanto de menos que les anunciaba que volvía.

Venancio se fue, Manoliño cerró la puerta
y Lola abrió el sobre con una sonrisa de oreja a
oreja que se apagó enseguida, en cuanto reconoció
su propia letra. Eran las cartas, podía haber veinte o treinta, que ella le había enviado a la última
dirección que le había facilitado. Dentro del sobre
había también una nota en la que un hombre llamado Norberto explicaba, con mucha educación
y buena caligrafía, que el tal Manuel Barreiro ya
no vivía allí. Cuando Manoliño la leyó, por primera vez en mucho tiempo sintió ganas de ver a
su padre, pero para partirle la cara.

—¿Hasta cuándo piensas seguir así?

—¿Así cómo?

—Sabes perfectamente de lo que hablo.

—¿Y qué quieres que haga?

—Que rehagas tu vida, que dejes de pensar en alguien que no ha pensado nunca en nosotros. Que dejes de hablarnos de él como si fuera a volver, como si le importáramos.

—No hables así de tu padre.

—Eso no es un padre. No sabe nada de mi vida ni yo de la suya. La única persona que aún le espera eres tú. ¿No te das cuenta?

—No sabemos lo que le ha pasado.

—La única que no lo sabe eres tú, mamá.

Manoliño pasó los siguientes días imaginando todo lo que le diría a su padre, como hacemos a veces cuando nos enfadamos mucho con alguien. Había sido un niño callado, melancólico. De pequeño, Lola le había llevado varias veces al médico convencida de que estaba «incubando algo», pero salía más preocupada aún después de que el doctor le dijese que no tenía nada. Un niño preocupado llama mucho la atención porque está rodeado de niños que no lo están y que, por tanto, miran y se comportan de otra manera, que se enfadan o lloran, pero por indignaciones breves que suelen tener que ver con algo que no les dan o algo que les quitan. «Es igual que su tío Pablo», la tranquilizaba Virtudes.

En un lenguaje diferente al de los adultos, mucho más directo, ambos hermanos recibían también muchas preguntas sobre el paradero de Manuel.

—¿Tú te acuerdas de tu padre? —le preguntó un día Mariña a Celia.

—Poco.

—Igual que yo. Mi madre tiene una foto suya en la habitación y a veces la cojo y la miro un buen rato, para que no se me olvide.

A Celia le dio vergüenza admitir que ella también lo hacía. Cogía la foto de su padre, la miraba fijamente y luego cerraba los ojos para examinarse, tratando de colocar todo en su sitio: la barba, los lunares..., e imaginando por dónde le llegaría ella: los muslos, la cadera, el ombligo...

Según fue pasando el tiempo, los compañeros de Manoliño y Celia oían hablar de Lola y Manuel en sus casas e interrogaban luego a los niños en la escuela:

—¿Es verdad que tu padre se fugó con otra madre?

Manoliño se encogió de hombros.

El niño dijo «otra madre» y no «otra mujer» porque, a su edad, las mujeres solo venían en esa modalidad: madres de alguien. Repetía, a su manera, lo que había escuchado en casa, pero la pregunta hizo que Manoliño se planteara por primera vez la posibilidad de que su padre tuviese también otros hijos, y que hubiese preferido quedarse con ellos. Por aquel entonces debía de tener seis o siete años, pero ese pensamiento ya no le abandonó nunca, hasta que decidió ir a comprobarlo personalmente. Lola escuchó la conversación de los dos niños y esperó durante semanas a que Manoliño le hiciera la pregunta, pero nunca lo hizo. Ya entonces la protegía.

Antes de echarlas al fuego de la *lareira*, Lola ojeó las cartas que había enviado a Manuel a lo largo de los meses.

Hola, rubio. Ya van tres cartas sin respuesta. Me cuesta creer que te hayas olvidado tan pronto de mí… ¿Cómo estás? ¿Comes bien?

Pablo tenía que ir a Santiago y le acompañé. Casi no la reconozco. Ahora es una ciudad triste. Sé que aquí también pasa, pero como somos muchos menos, no produce el mismo efecto. Allí todas las mujeres visten de negro, y cuando se juntan en una calle estrecha parecen una bandada de cuervos. Yo sigo «de luto». Un día le saqué el tema a tu madre, le dije que me apetecía aprovechar la ropa que no me pongo desde que te fuiste, y me puso mala cara. Tienes que escribirle. Está muy preocupada por ti, aunque no lo diga.

He montado un grupo de estudio para adultos, para enseñar a leer y escribir a los que aún no saben y para que tu ausencia ocupe menos tiempo. Nos reunimos en el bar. A veces terminamos jugando a las cartas y bebiendo el licor de guindas que hace Pepe y que guarda en un bote grande en el que pone MELOCOTONES EN ALMÍBAR. ¿Has probado alguno? Hay ratos en los que parecen olvidarse de que soy una mujer y hablan como si no estuviera. Eso me gusta. Lo hacen todos salvo Carlos. A él no se le olvida nunca y siempre está al quite para ponerme el abrigo o abrirme la puerta. Me hace mucha gracia su ceremonia. Le dejo porque un día le dije que no hacía falta y lo incomodé muchísimo. «No me han enseñado de otra manera», me dijo, colorado como un tomate. Julián no ha querido apuntarse, no sé por qué. Le dije que el dinero no era problema y el aula no puede resultarle más cómoda porque se pasa toda la vida en el bar, pero no ha habido manera. Es un tipo peculiar y no lo digo solo por lo que bebe. Siempre tengo la sensación de que lo sabe todo de mí, de mí y de todos los vecinos de Milagros, pero nosotros no sabemos nada de él ni de por qué se envenena. Me cuida, me hace saber que soy su favorita, y me gustaría ayudarle, pero no se me ocurre cómo. ¿A ti?

Me preguntan mucho por ti, si he recibido carta. Todos te echan, te echamos de menos. Escribe pronto, anda, para que pueda callarles la boca diciéndoles que sí.

He llevado a Manoliño otra vez al médico. No te alarmes. El doctor insiste en que no le pasa nada. Él piensa que así me tranquiliza, pero en realidad me preocupa más porque entonces lo que tiene no pueden solucionarlo con jarabes. Me angustia la idea de si le estaré transmitiendo mi tristeza, aunque intento retenerla. Otras veces pienso que me estoy volviendo loca. Hoy hace doce años que nos despedimos en el puerto.

Celia me ha dicho hoy que quiere hacer la primera comunión. Le he explicado que aún es muy pequeña, pero le he hecho una diadema de margaritas y se ha puesto muy contenta. No se la quita de la cabeza. Ayer hasta durmió con ella puesta. Ha dado un estirón y está muy orgullosa de ser la más alta de sus amigas. El otro día me preguntó: «¿Por dónde crees que le llego ahora a papá, mamá?». Tuve que darle la espalda porque me dio mucha pena escuchar «mamá» y «papá» en la misma frase. A miles de kilómetros de donde estás, tienes una hija que te llega por la cintura.

¿Qué estás pensando? Yo pienso en ti, como siempre, casi todo el día. Escribe, anda.

Ya no me preguntan por ti. Deben de pensar que has hecho lo mismo que tú sí sabes que no hizo mi padre. Me compadecen. Esta aldea me mira con pena. Las mujeres que me tenían envidia, ya no me la tienen. Las que me apreciaban, ya no saben qué decirme. Si no fuera por Pablo...

Creo que nadie sabe muy bien qué es la lealtad hasta que alguien a quien quieres hace algo que tú nunca harías.

Lola se encerró en su habitación y no salió hasta la mañana siguiente. Nunca volvieron a hablar del tema, y aquello enrareció la relación entre

madre e hijo durante semanas, hasta que Manoliño se dio cuenta de que estaba añadiendo otro
motivo de sufrimiento en ella y una mañana, al
entrar en su cuarto para despertarla y ver las cartas en la mesilla, le dio un beso en la frente y dijo
solamente: «Bos días, mamá». Hay dos clases de
personas: las que ocultan sus problemas para no
incomodar a los que quieren y no sumar esa preocupación a la suya, y las que los amplifican para
recibir más atención. Las que cuidan y las que son
cuidadas. Manoliño era de las primeras, como su
madre. Con los años desarrolló un mecanismo
para aliviar, en la medida de sus posibilidades,
a Lola. La estrategia consistía en ahorrarle cualquier episodio negativo en su vida, no compartir
con ella sus disgustos para que no los hiciera suyos y adornar primorosamente cualquier acontecimiento positivo para alegrarle los días, para que
pensara que lo estaba haciendo bien y que —aunque ella no lo era— había sacado adelante a dos
niños felices, despreocupados. Se convirtió en el
rey de las mentiras piadosas, un farsante lleno de
buenas intenciones.

Lola entendió que su hijo la perdonaba, pero
sintió que le daba pena, y eso era mucho peor. El
sobre con las cartas devueltas añadió angustia a la

angustia. Hasta ese momento, lo tenía lejos pero creía que sabía dónde; ahora se había quedado sin el consuelo de comunicarse con él, de pensar que Manuel la leía y que podría convencerlo para que volviera. Ya no podía hacer nada. Solo esperar.

Al padre de Lola lo acribillaron una mañana en el monte. No hubo funeral ni entierro porque para que los asesinos y sus simpatizantes no les hicieran la vida imposible, consiguieron hacer creer a todos que se había ido al extranjero a ganar dinero y había terminado abandonando a la familia. Nadie conocía el secreto.

Llamaron a la puerta una noche. Lola, que tenía solo cinco años, abrió y dejó pasar a un hombre empapado y sucio. Le costó reconocerlo. Era Ramiro, el mejor amigo de su padre. Al cogerle el abrigo se le cayó al suelo: la prenda pesaba poco menos que su dueño y mucho más que ella. Le sugirió que se acercara a la *lareira* a calentarse, pero fue directo a Amelia, que cosía. Se miraron, y cuando Amelia le vio sacar de la bota una cadenita de su marido, estrelló la cabeza contra la máquina de coser. Unas gotas de sangre le cayeron desde la frente sobre la tela blanca, que iba a ser un mantel de misa. El hombre que les dio la peor noticia de sus vidas sin abrir la boca puso la cadenita entre las manos de Amelia y las besó. Luego pidió un botiquín para curarle la herida. Amelia le hizo una caricia y Ramiro rompió a llorar recordando las que había recibido antes y lo lejos que parecían ahora. Cuando iba a marcharse, Amelia lo paró en la puerta: «Espera a que seque el abrigo». No le preguntó si tenía hambre porque sabía que sí. Se sentaron los tres a la mesa, en silencio, hasta que el hombre que no hablaba terminó un plato de sopa. Cuando se fue, su abrigo seguía mojado. Habrían hecho falta años para secar aquella prenda sobre la que había dormido durante meses.

Lola nació en Pallarés, a unos cinco kilómetros de Milagrosy un poco más grande. En Pallarés estaba la escuela a la que iban los niños de las localidades próximas, incluidos los de la aldea a la que ella se trasladaría después de casarse. Como era un poco más grande, también tenía ayuntamiento y alcalde. Lugares como aquel se convirtieron, de un día para otro, en sucursales del infierno, barrios alicatados de odio, envidias y miedo. Los vecinos se denunciaban unos a otros: algunos, aprovechando la coyuntura para solucionar a las bravas un viejo conflicto de tierras o de faldas; y hasta los niños tiraban piedras a otros niños por cosas que oían decir a los padres.

En Milagros, donde el aislamiento los hacía más inocentes, imaginaban que aquellas personas no eran conscientes de cómo acababan sus denuncias, que no se daban cuenta de lo fácil que era decir el nombre de alguien y lo difícil que era ver luego, cada día, a su viuda. Pero aquellos relatos terribles extendieron en la aldea un sentimiento que antes apenas existía: la desconfianza. Nadie se fiaba de nadie. Ni siquiera del cura, porque decían que en otros sitios había sido el primero en redactar, de su puño y letra, una lista de rojos. Por si acaso, la ermita estaba más llena que nunca.

Con esa lucidez temporal que precede al duelo, y que permite a las viudas resolver la burocracia de la muerte: avisar a los conocidos, organizar un funeral, escoger y pagar un ataúd..., Amelia puso en marcha el plan que había pactado con su marido si todo salía mal, para que su muerte no tuviese más consecuencias que esa pena que iba a cambiarlas para siempre, a hacerlas distintas de cómo eran antes de que el abrigo empapado entrara en su casa a darles la peor de las noticias. Juan, que salió deliberadamente de casa sin documento alguno que lo identificara, se había ido, como tantos, como todos, al extranjero a ganar dinero. Juan no había vuelto. Juan había muerto o había rehecho su vida olvidándose de su mujer y su hija. Juan era un canalla y no debía hablarse de él en presencia de Amelia y Loliña Sanfíns porque eso hacía daño. Juan no tenía inquietudes políticas. Juan era un hombre de campo con las manos tan duras de trabajar que podía estrujar una zarza sin que le saliera una sola gota de sangre.

Amelia tuvo que repetir la mentira en varias visitas desagradables y también a quienes hubiera querido contarles la verdad: que Juan era un hombre valiente, comprometido y que, cuando le sugirieron que huyese con su familia a otro país, dijo que no: «Alguien tiene que quedarse». Que ella al principio no lo entendía y le preguntaba, cuando él le contaba sus planes, si es que ya no las quería. Que él trataba de explicarle que se iba por amor: para que ella estuviera orgullosa de él, para que su hija no pudiera decir un día: «Mi padre no hizo nada». Que ella quiso saber cuántos eran «ellos» y cuántos «nosotros», y Juan, que también mentía muy mal, admitió que eran «pocos» y que precisamente por eso lo necesitaban. Que le llamó egoísta y que ahora que estaba muerto lo odiaba con todas sus fuerzas por haberse ido y a la vez estaba tan orgullosa de él que por las noches soñaba que le contaba a todo el mundo que no era una mujer abandonada, sino la viuda del hombre más valiente que habían conocido. El hombre que se sacrificó por todos sabiendo que tenía todas las de perder.

Amelia prohibió a Lola hablar de su padre e ir a dormir a casa de sus amiguitas por si en sueños, como le ocurría a ella, se le escapaba la verdad. Resuelto ese trámite, necesario para evitar que los amigos de los que ganaron tuvieran la tentación de ensañarse con la mujer y la hija de un rojo, Amelia se entregó a una enfermedad larga y degenerativa: la pena.

La primera facultad que perdió fue la curiosidad. Todo lo que había fuera de su casa dejó de interesarle, así que dejó de salir. Lola hacía los recados, recogía los encargos y los dejaba junto a la máquina de coser. En las casas solían entregarle, además de la prenda a remendar, una empanada, huevos, algo de caldo… intuyendo, y así era, que Amelia había dejado de cocinar. Todos preguntaban: «¿Cómo va tu madre?». Lola se encogía de hombros.

Había envejecido de golpe. Su trenza se volvió blanca y cada movimiento —levantarse, vestirse, desvestirse, asearse— parecía un esfuerzo descomunal, como si todos los males de la vejez hubiesen atacado de golpe, simultáneamente y sin vuelta atrás, el cuerpo de una mujer de apenas treinta años. Amelia miraba con unos ojos que parecían llevar siglos sin dormir, y se había quedado tan flaca que por momentos daba la impresión de que iba a romperse en pedazos.

Antes de abandonarse del todo, enseñó a Lola a coser y a cocinar. Empezó a hablar con ella como si fuera una adulta. «He sido muy injusta con tu padre. Ha muerto tirado en el monte pensando que no le entendía. Más solo todavía. ¿Cómo voy a vivir con eso? ¿Cómo?», preguntaba a la niña. Al tiempo, como el mundo había dejado de interesarle, también dejó de comunicarse con él y la siguiente facultad que perdió fue el habla. Al principio asentía a preguntas que no podían responderse con un sí o un no; luego decía «claro, claro» cuando oía voces en su dirección. Después, nada. A Lola le recordaba a aquel pajarillo que su padre y ella encontraron una vez caminando junto al río. «Se ha caído del nido. Vamos a ayudarlo», le dijo. Estrujó un trozo de pan y puso las migas en la palma de su mano. El pajarillo comió. Luego lo depositaron sobre una piedra alta, para ver si se animaba a volar. «Hay que darle tiempo», le explicó su padre antes de estrujar otro trozo de pan y dejar las migas junto al desahuciado.

Madre e hija invirtieron los papeles. Amelia dejó de ser esa mujer firme y resolutiva que conocía todos los peligros y advertía a la niña de los caminos por los que no había que ir o las cosas que no debía hacer, y que a lo largo de la jornada impartía órdenes y repartía premios, castigos y mimos. Lola dejó de ser una niña. Dejó de querer y pedir las cosas que quieren y piden los niños y empezó a preocuparse por lo que angustia a los adultos: la muerte, la supervivencia. «Hay que darle tiempo», se repetía.

Ya en aquellas noches empezó a jugar con la memoria. Recreaba mentalmente los recuerdos que tenía de su padre, como esas películas que uno no se cansa de volver a ver: cuando la llevaba a hombros y le iba metiendo almendras en la boca. Aquellas frases que repetía a menudo, y que entonces ella no entendía: «Yo, el padrenuestro me lo sé igual de bien que el papa». Cómo le robaba besos en el cuello a su madre cuando estaban en la cocina.

Cómo ella lo esperaba siempre, daba igual la hora, para que él le contara qué tal le había ido. Las risas que oía por las noches desde su habitación...

Al meterse en la cama, Lola cerraba los ojos e inventaba conversaciones, paseos, abrazos y caricias, recreándose con cada escena: cómo le hubiera contado él lo que había pasado ese día en la aldea, qué le habría respondido ella; qué habría pensado él de esto y aquello; cómo eran los sitios por los que pasaban y a los que se dirigían, y esas pequeñas fiestas de los recibimientos, cuando regresaban tras una excursión corta, pero con algo nuevo que contar.

A Juan le gustaba contar historias, y lo hacía muy bien. Cuando se las inventaba y sobre todo cuando describía las pequeñas aventuras del día a día, deteniéndose en la descripción de los personajes, paladeando los diálogos... La verruga en la cara de doña Paquita, tan grande que parecía que «era la verruga la que hablaba por ella, la que regateaba en el mercado, la que cantaba en misa». El moño de su madre, «la anciana Rapunzel»... Juan era carpintero. Estudió hasta donde le dejaron y todo lo demás lo buscó en los libros. Le encantaba leer y contar a los demás lo que había descubierto. También enseñó a hacerlo a varios

vecinos que firmaban con una «X» desvalida cualquier documento. Cuando llegaba a casa, preguntaba si la niña estaba ya durmiendo. Lola, al oírlo,
salía corriendo de la cama para colgarse de su cuello y prepararse para el relato del día. Su madre se
enfadaba, decía que tenía que estar ya dormida, y
reñía a su marido por consentir a la hija. Era una
especie de ritual, porque ni una sola de aquellas
noches Lola volvió a su cama sin haber escuchado
junto a Amelia aquel parte extraordinario de la
jornada del carpintero de Milagros, que se sabía
el padrenuestro —y muchas cosas más— tan bien
como el papa.

Carlos era uno de esos hombres callados que no
hablan salvo que le pregunten y además regatea en
las respuestas, procurando dar la mínima información posible. Había que fijarse mucho para darse
cuenta de que detrás de su aspecto corriente se
escondía una persona especial, diferente. Sin que
los demás se percataran, él se dedicaba a obser-
varlos, a memorizar rasgos y a estudiar su carácter,
para luego, en casa, hacer unos retratos increíble-
mente precisos de cada uno de sus vecinos. Los
dibujaba por fuera y por dentro, incluyendo todas

esas cosas que no se ven en el espejo, sino cuando alguien empieza a moverse, a dirigirse a los demás.

Cuando se apuntó a las clases de adultos de Lola, lo que menos le interesaba era aprender los nombres de los ríos y sus afluentes, y lo que más, estar cerca de la profesora, la persona a la que más le gustaba dibujar. Un día le llevó uno de aquellos retratos. Allí estaba todo: lo evidente (la belleza) y lo que trataba de ocultar (la decepción, la pena). Lola se asustó al verse, y comprendió que aquel esfuerzo agotador por hacer como si nada la había convertido en alguien triste.

—Qué maravilla. Muchísimas gracias. —Como Carlos no aprovechó la pausa para intervenir, Lola añadió—: Tienes mucho talento. ¿Has hecho más?

Carlos había hecho muchísimos. Tenía decenas de retratos de la propia Lola y uno de casi cada vecino, pero dijo:

—Algunos.

—Me gustaría verlos.

—No valen nada. Los hago para distraerme, para pasar el rato.

—Valen mucho. Aquí no solo hay un excelente dibujante, hay algo más. Ves cosas que no todos ven, ¿te das cuenta?

Carlos tampoco contestó a esa pregunta.

—¿Me lo puedo quedar? —le pidió Lola.

—Claro.

—Pues entonces te invito a un vino.

Fueron cuatro. Carlos habló aquella tarde más que en toda su vida. Volvió a casa mareado, por la novedad y por el alcohol, contento, exhausto y enamorado hasta las trancas. Nunca se lo dijo. Sabía que no tenía ninguna posibilidad, pero no sufría por ello. Nadie le había enseñado a ser ambicioso. No necesitaba que su amor fuera correspondido de la misma manera que no necesitaba que admirasen sus dibujos. No se comparaba con nadie, jamás pensó en las cosas que sí se le pasaron a Lola por la cabeza cuando vio sus retratos. Su talento quedó enterrado, como sus sentimientos, pero no tuvo que hacer grandes esfuerzos para conformarse. Le bastaba con verla en las clases, dibujarla en casa y pensarla por las noches. Aquellos tres ejercicios, en los que era muy disciplinado, hacían su vida algo mejor. Le gustaba la idea de dedicarle tiempo a alguien, saber que conocía a Lola mejor que muchos, y que también ella sabía más de él que cualquier otro vecino. El día que empezó a medir el tiempo por las horas que faltaban para verla, Carlos eliminó el aburrimiento. De repente tenía una ilusión. Y por todo eso estaba, por encima de cualquier otra cosa, profundamente agradecido.

Un verano, cuando Julián llevaba tres días sin pisar el bar, Pepe empezó a preocuparse. Pero le daba tanto miedo tener razón que dejó pasar dos días más, deseando equivocarse. Al quinto pidió a Lola que le acompañara hasta su casa. Llamaron varias veces a la puerta, sin éxito, así que Lola saltó unas zarzas para asomarse por la ventana. Parecía dormido, pero picó en el cristal y no se despertaba. El médico diría después que llevaba «varios días muerto» y que había sido un infarto.

Julián nunca hablaba de sí mismo, así que Lola y Pepe decidieron revisar la casa para ver si encontraban una pista de a quién avisar de lo sucedido. Tenía pocas cosas, pero Julián había conseguido que absolutamente ninguna de ellas estuviera en su sitio: había cacerolas en el dormitorio, una toalla en la cocina y vasos sucios en cada rincón. En el dormitorio, sin embargo, hallaron lo único que había ordenado en vida: su muerte. El sobre, encabezado por un inequívoco

«En caso de fallecimiento», incluía una carta con sus últimas voluntades:

Si estáis leyendo esto es porque hemos dejado de ser vecinos. Perdonad el desorden de mi casa. Lo único en lo que he puesto cuidado ha sido en mi aseo y vestimenta porque no soporto dar pena. Supongo que Pepe y Lola serán mis primeros lectores, así que aprovecho para daros las gracias. A Pepe por ocuparse disimuladamente de que llenara el estómago con algo más que alcohol dejándome pinchitos junto a las *cuncas* de vino durante veinte años. Y a Lola por eliminar el frío cada vez que entraba en el bar. Pepe, valoro especialmente que el ser más tacaño que he conocido fuera también el más generoso conmigo, pero estoy seguro de que si echaras más leña al fuego crecería tu clientela. Piénsalo.

Hechos los agradecimientos, no queda otra que contaros la historia de mi vida, porque tiene mucho que ver con las instrucciones que vais a recibir a mi muerte. Como sabéis, yo no nací en Milagros, llegué. Huía. Nací en Santiago, en eso que se llama «una buena familia». Mi padre era médico. Mi madre, un ser precioso y delicado, la persona que mejor me entendió y más me quiso. Ella murió cuando yo tenía quince años, después de intentar durante otros catorce darle a mi padre otro hijo y a mí un hermano. Tras muchos abortos, falleció en el parto, como el bebé, que según esos asustaviejas de sotana aún debe de estar en el limbo. Yo prefiero pensar que es un angelito y que ahora, pese a todo, hará sus gestiones para acomodarme ahí arriba.

Tenían, teníamos dinero y nombre. Además de Julián me llamo De Castro, que es el nombre de una calle de Santiago dedicada a mi abuelo, médico también. Lo siguiente os lo podéis imaginar: trataron de que continuara la saga y estudiara medicina, pero yo he sido siempre muy aprensivo —que no os engañe mi afición por la autodestrucción—, además de bastante rebelde y no muy buen estudiante. Con todo, aproveché aquel afán de mi padre para sacarle todo el dinero que pude mientras hacía que iba a la universidad en Madrid. Madrid no es otra ciudad, es otro planeta, y muchas veces he pensado, al veros cruzar de aquí para allá, que allí no sobreviviríais, como ocurre con las criaturas salvajes cuando abandonan su hábitat natural, los pajarillos cuando caen antes de tiempo del nido o los cachorros que pierden a la manada.

Podéis ir si queréis, pero estoy convencido de que no os gustará. Donde aquí es verde, allí es gris, y el ambiente es tan seco que a veces hasta te sangra la nariz.

El caso es que en Madrid conocí a una rapaza hermosísima, Matilda, que compartía gremio contigo, Pepe. En esa época iba al bar para verla, no para beber. Ha sido la única mujer que me ha puesto nervioso porque era muy inteligente y necesitaba estar muy lúcido para disimular que yo no lo era. Hice muchas cosas ridículas, todo el repertorio de un hombre que está enamorado perdido: intenté darle celos, me inventé mil batallitas, me eché más colonia de la cuenta —un día hasta la mareé—, pasé una tarde entera callado, para que ella pensara que era misterioso e interesante, y otras hablé y reí demasiado alto, para que comprobase que era el tipo más divertido con el que se iba a tropezar. Y pese a todos estos esfuerzos involuntarios por apartarla de mí, contra todo pronóstico, un día me dijo:

—El sábado vamos al Retiro y me invitas a un helado.

De alguno de los siguientes helados tenemos hasta foto, porque vino avispado un fotógrafo ambulante a ofrecerse y yo dije que sí, claro.

Veréis en la fotografía, que está en este mismo sobre, y que he mirado cada día sin excepción desde entonces, que no miento cuando os digo que era bellísima.

El primer verano, después de insistirle mucho a Matilda para que pidiera unos días de vacaciones, vinimos a Santiago y la llevé a comer a casa, pensando que presentarle a mi padre era la mejor forma de decirle que iba en serio, muy en serio, con ella, pero no pude haber cometido un error más grande. Mi padre disimuló, fue educado, dijo todo lo que hay que decir en esas ocasiones, pero en cuanto Matilda fue al baño, opinó:

—Esa chica no es para ti.

No pregunté el motivo porque sabía perfectamente a qué se refería. Matilda no tenía un «de» antes del apellido y trabajaba de camarera, lo que para mi padre era casi lo mismo que prostituta. No hizo ningún intento por conocerla, pese a que aquel día, como todos, ella estuvo encantadora. Luego mi padre me confesó que ya había medio apalabrado que me casara con la hija del notario, Mercedes, que era más fea que un demonio y, peor aún, sosa hasta decir basta. Intenté, no creáis que no, convencerlo de que Matilda era lo mejor que me había pasado en la vida, que no había sido feliz hasta que me di cuenta de lo fácil que me resultaba hacerla feliz a ella, y que si se portaba bien pronto le llevaría a casa unos nietos preciosos y mucho más inteligentes que yo. «Con suerte, hacemos algún médico más para continuar la saga», le dije. Pero no hubo manera. Así que nos fugamos.

No es que fuera un gesto muy valiente porque hui de mi padre con el dinero de mi padre, pero nos gustaba pensar que nos habíamos convertido en esos personajes de las novelas de amores imposibles y familias enfrentadas. ¡Éramos Romeo y Julieta! Aquí, en realidad, solo había una, porque los padres de Matilda, que por cierto también era gallega, habían fallecido y el resto de familiares los tenía repartidos por media docena de países, pero daba igual. Éramos nosotros contra el mundo.

Planeábamos casarnos cuando se quedó embarazada. Fui a hablar con mi padre, convencido de que esa información cambiaría las cosas, que lo ablandaría, pero conmigo fue educado, disimuló y luego hizo algo terrible que provocó que yo hiciera algo más terrible aún.

Mi padre consideró que el asunto era lo bastante grave como para buscar ayuda exterior. Contrató primero a un hombre que se dedicó a investigar a Matilda y a su familia, y aquel hombre, a su vez —esto no lo averigüé hasta media hora antes de que él muriera—, pagó a un tipo muy bien puesto, mucho más que yo, que empezó a dejarse ver por el bar y a encandilarla para que yo me muriera de celos, que fue exactamente lo que pasó. El chico —teníais que verlo, en la vida he conocido a uno más guapo— le metía notas románticas en los bolsillos del abrigo y ella, inocente, me las enseñaba, medio escandalizada medio divertida, cuando volvía a la pensión a la que nos habíamos mudado. Para entonces yo había empezado a trabajar en un banco, porque pensaba en mi futuro hijo o hija, y ya no podía pasar tanto tiempo con ella. Nuestras primeras peleas fueron así: salía de trabajar, llegaba al bar y la veía riendo, o eso me parecía, las gracias del galán. Cuando mi padre dejó un recado para que lo llamara, pensé que había recapacitado, pero nada más lejos. Empezó diciendo «No te enfades», una de esas frases que se dicen cuando va a pasar lo contrario, y me confesó que había mandado investigar a Matilda porque era su «deber» proteger el nombre y el patrimonio familiar. Me hirvió la sangre y le grité no sé cuántas barbaridades, pero él, fiel a su guion, siguió hablando. Me contó algunos datos sacados de contexto y también que habían visto a Matilda besándose con un joven del que dio una descripción precisa —cómo no, si lo había contratado él—. Le creí. Enfurecí. Pensé que aquella criatura con la que estaba tan ilusionado no era mía, sino de aquel hombre con el que no había intercambiado palabra, pero que en la distancia me parecía mucho mejor elección que yo. Ella lo negó todo, dijo que me estaba volviendo loco, que cómo me atrevía a decirle aquellas barbaridades, y yo solté una más, hablando por boca de mi padre, muerto de celos y de rabia:

—Casi te sales con la tuya, pero un De Castro no puede casarse con una fulana.

Según dejé a Matilda, agarré la botella y hasta hoy. Pero la historia no termina aquí. Os pido un poco más de paciencia. Me alejé de ella, pero, para mi sorpresa, no dejé de quererla. La echaba muchísimo de menos y empecé a dudar de mí mismo, de aquella truculenta historia de infidelidad que no tenía ningún sentido. No me justifico, porque lo que hice no tiene justificación, pero creo que todo aquello pasó porque en el fondo creía que no me la merecía. Estar al lado de algo tan bueno cuando no has vivido cosas buenas prácticamente nunca te hace muy feliz, pero a la vez da mucho miedo y empiezas a comerte la cabeza hasta que te convences de que no es real.

Volví al bar, pero ya no estaba. Me dijeron que se había ido a Peares, un pueblo de Lugo, con unos parientes de los que nunca había oído hablar. El dueño, con el que tenía bastante confianza, me dejó caer que de la familia eran los únicos de derechas y que los demás tíos y primos de Matilda habían emigrado porque eran todo lo contrario. Me dio la dirección y fui directo para, al menos, pedirle perdón, pero allí solo estaban sus tíos.

Cuando me presenté, me di cuenta de que sabían perfectamente quién era yo. Esto me ilusionó, tonto de mí, aunque enseguida comprendí que lo que Matilda les había contado era que un sinvergüenza la había embarazado y luego la había dejado tirada. Me explicaron que «para evitar el escándalo» la habían enviado a un piso de Bilbao donde ocultaban a las chicas «en esas circunstancias» hasta que daban a luz. Él precisó que «costó un ojo de la cara», pero que «era lo mejor». Pregunté dónde estaban ella y el bebé, pero al principio solo me dieron la mitad de la información. «Lo dimos en adopción, por supuesto», dijo él. La tía empezó a llorar y se marchó corriendo. Pensé entonces que Matilda había muerto en el parto y, sin darme cuenta, empezaron a caerme las lágrimas a mí también. «¿Y Matilda? ¿Y Matilda?». El hombre me sirvió un anís antes de explicarme que se había quitado la vida. Dijo que después del parto había vuelto a casa y que un día se encerró en su cuarto y ya no quiso volver salir. «Se negaba a comer… llamamos al médico, pero no le vio nada». Un mes más tarde la encontraron muerta. Yo seguí preguntando, pero ya no hubo manera de que me dijeran cómo lo había hecho. También les pedí que me llevaran a su lápida y él me explicó que, «dadas las circunstancias», no había sido enterrada en una tumba convencional, sino en el osario anexo al cementerio, como aquel hermanito mío que no nos dio tiempo a bautizar.

Volví a casa con ganas de matar a mi padre, pero el trabajo estaba medio hecho. Lo encontré en la cama, enfermo. Antes de morir me confesó que, además de ordenar investigar a Matilda, como me había informado tiempo atrás, el hombre con el que me dijo que la habían visto también era cosa suya: lo había contratado para que la sedujera. Me pidió que lo perdonara, pero por mi boca no escuchó una palabra más, solo me salían lágrimas. Jamás volví a pisar esa casa y, en venganza, he invertido buena parte de su dinero en emborracharme. También en ayudar a algún vecino. Lola, la donación misteriosa para el comedor de la escuela la hice yo, y perdóname, hace años también le envié dinero a Manuel a Argentina. Tenía deudas de juego y, por miedo a que le pasara algo, le hice llegar una suma importante. No te lo conté porque me rogó llorando que no lo hiciera, y ahora no sé si hacerle caso fue lo correcto. Jamás he entendido qué le pasó a ese rapaz, porque estaba tan enamorado de ti como yo de mi Matilda.

El caso es que hace unos meses, pensando que se acercaba mi hora, busqué y contraté a aquel hombre al que había recurrido mi padre. Quería que averiguara la identidad de nuestro hijo o hija. Se llama Matilda, porque los padres adoptivos, que al parecer son buena gente, respetaron el deseo de su madre. En este mismo sobre encontraréis sus señas y una carta con su nombre donde me explico lo mejor que he podido. Todo es para ella, por supuesto. Y que Dios, si existe, me perdone.

Gracias de corazón,

JULIÁN DE CASTRO

Pepe tardó un buen rato en parar de llorar después de leer la carta. No permitió a nadie ocupar su sitio en la barra nunca más. Lola, más serena, más acostumbrada a las pérdidas, lo abrazó y se comprometió a organizar el entierro, llamar al notario y localizar a la chica.

El día que se encontró con la hija de Julián sí se le cayeron las lágrimas: Matilda era su viva imagen. La chica tenía veinte años y sabía que no era la hija biológica de sus padres porque estos se lo habían explicado cuando era pequeña. El matrimonio no podía tener hijos y solía acoger por temporadas a las criaturas de padres en apuros, casi siempre madres solteras. Cuando la situación se estabilizaba y ellas encontraban trabajo, el pequeño o la pequeña volvían a su casa. La última vez les había costado más que las anteriores —acogieron a tres niños en total— porque les entregaron a Luis siendo un bebé y tuvieron que devolverlo cuando ya había aprendido a decir mamá. Para compensar su sacrificio, el cura de su parroquia les aconsejó visitar a la mujer que regentaba el piso de Bilbao donde ocultaban a las embarazadas de familias bien, y esta un día les entregó a Matilda. La chica también contó, muy impactada por la carta de Julián, que nunca había sentido la necesidad de saber quiénes eran sus padres biológicos hasta pocos meses antes de que Lola contactara con ella. Fue al pedirle su novio que se casaran y empezar a pensar en formar su propia familia cuando quiso saber más, pero nadie le abrió cuando llamó a la puerta de aquel piso de Bilbao y no tenía más hilo del que tirar.

Lola se preguntó cuánto tiempo llevaría escrita aquella carta de Julián en la que les contaba su vida, es decir, cuánto tiempo hacía que él intuía su propia muerte. Entendió, al leerla, por qué había rechazado la escuela de adultos que había montado en el bar, pese a que ese era el lugar donde pasaba la mayor parte del tiempo y pese a que ella le había asegurado que el dinero no era un problema. Julián tenía estudios. No necesitaba aprender geografía o matemáticas. También entendió que todo el mundo tiene sus fantasmas, incluso en lugares como aquel en los que aparentemente no pasa nada. Pensó que Julián se había refugiado en la bebida para que su secreto no lo devorara, y pensó en Matilda, que un día se sintió incapaz de seguir conviviendo con el suyo, de comportarse como si no hubiera tenido una criatura en su vientre durante nueve meses, como si no hubiera dado a luz, como si no hubiera sido madre, como si, efectivamente, nunca hubiera pasado nada. Lola pensó también en la frase «Se lo llevó a la tumba» y se preguntó dónde habría más secretos, si en el cementerio o en esas casas silenciosas donde la luz se apagaba siempre a una hora prudencial y todos los días parecían tener un propósito. Qué mentirosos eran. Ella la primera.

Cuando Manoliño cumplió nueve años, Lola le puso sus primeros pantalones largos y el niño fue corriendo a probarlos a los *toxos*. El arañazo no tenía nada que ver, y aquella fue la primera vez que pensó que su vida iba a mejorar. A los ocho, Celia hizo la primera comunión con el vestido de boda de su madre, adaptado para el nuevo sacramento. Había sido una de las primeras novias en vestirse de blanco en un momento en que todo lo importante —casarse o morirse— se hacía de negro. Aurora se ofreció a prestarle dinero para encargar el traje de Celia a una modista y que su amiga no tuviera que desprenderse de su vestido, pero Lola se negó. La de la boda era la única foto en la que salía con Manuel, esa foto con la que Celia se examinaba para ver si recordaba los rasgos de su padre. Lola la había sorprendido muchas veces con el marco en las manos, y la niña, para que no descubriera sus verdaderas intenciones, siempre decía algo así como: «Qué guapa estás aquí, mamá, pareces una princesa». Así que llegado el día de la primera comunión, Lola vistió a su hija de princesa.

Manoliño preguntó una vez a su madre:

—Mamá, ¿qué día es hoy?

Lola le dijo que era viernes o lunes, pero el niño no quedó satisfecho.

—¿Y cuál es el día que vuelve papá?

Al igual que hacía con los adultos, para no mentir, Lola optó por la omisión, y en este caso por distraer al pequeño con alguna otra pregunta o tarea. Un error recurrente con los niños es tratarlos como si fueran más pequeños de lo que son. A menudo sufren el bochorno de escuchar a los adultos cambiar de voz para dirigirse a ellos, como si no pudieran comprenderlos en su tono habitual, y lo que más les enfada en el mundo son las respuestas simplonas y tajantes: «Porque lo digo yo», «Porque soy tu padre», «Porque es así y punto», como si no fueran capaces de entender una contestación argumentada, una explicación razonada sobre algo que no les dejan saber o hacer. Es cierto que pasan mucho tiempo jugando, pidiendo cosas, fabricando necesidades y deseos, pero dedican tanto o más a mirar y hacerse preguntas, como hacen quienes los han traído al mundo, su primer centro de observación. A veces no saben a qué se debe una conducta determinada, un estado de ánimo, pero detectan las emociones antes que nadie porque ellos son pura emoción, todo es a flor de piel, todo, durante ese breve periodo de la niñez, sucede para ellos por primera vez.

Manoliño y Celia detectaron siendo niños el dolor que había en su casa, en su madre. Crecieron con esa sombra y trataron de controlarla durante años para no hacerla más grande. Tenían, por supuesto, curiosidad por su padre, pero desde que intuyeron que era la razón de esa tristeza doméstica dejaron de preguntar por él. Si Lola sacaba el tema, hablaban del tema para disimular lo mucho que les afectaba; pero si ella no lo hacía, no lo provocaban. Un pedazo de esa sombra se fue acomodando también dentro de ellos, como un mal presentimiento que nunca los dejó disfrutar del todo de los buenos momentos.

Sin decirle nada a nadie, Manoliño empezó a ahorrar para viajar a Argentina. Lo decidió en una romería, tras percatarse de algo en lo que no había reparado hasta que Elena, la hija de los vecinos, le sonrió un día de una forma distinta y sintió primero una especie de descarga eléctrica, y luego un calor que empezó por debajo de la cintura y conquistó todo su cuerpo. Lo que Manoliño descubrió era que la felicidad de su madre estaba ahí, muy cerca. Vivía en su propia casa, que era la de sus abuelos, y se llamaba Pablo. Vio que Pablo animó, sin éxito, a Lola para que se pusiera un vestido de flores. Vio que Pablo se dio cuenta antes que nadie, al salir hacia la fiesta, de que el último tramo de la cremallera, el que llegaba hasta ese lunar de la nuca, estaba sin subir. Manoliño observó cómo la cogía de la mano para acercarla hasta él, y después le subía la cremallera como si no hubiera nada más importante y nadie más en aquella habitación. También le oyó decir «Ya está» con una voz distinta a la que empleaba para hablar con ellos, y ponerse colorado cuando comprobó que él lo miraba y entendía lo que le estaba pasando, que había identificado, en la distancia, esa silenciosa descarga eléctrica. Después, en la romería, siguió observándolo. Pablo siempre estaba cerca de su madre o mirándola, esperando a que ella necesitara o deseara algo —salir a bailar, beber una copa de vino, otro trozo de pan, rescatarla del padre Emilio...— para concedérselo inmediatamente. Se dio cuenta de que su tío tenía, para su madre, no solo otra voz, sino otra risa y otros ojos, y que en los últimos años se había convertido en una sombra: caminaba siempre detrás para no incomodarla, pero estaba siempre ahí. Manoliño supo ese día que su padre había destrozado no una sino dos vidas: la de su esposa y la de su hermano. Dos seres castigados por la peor de las condenas. Lola esperaba a Manuel. Pablo, a que la mujer de su vida se diera cuenta de que su marido no iba a volver.

Lola se fue a casa con Celia y, después de acompañarlas, Pablo regresó a la romería. Manoliño, animado por unas cuantas copas de vino, le preguntó:

—Tío, ¿tú por qué no te has casado nunca?

—¿Y eso? —le preguntó sonriendo.

—Contéstame, por favor.

No pronunció una palabra más, pero no hizo falta. Lo miró con sus ojos tristes y los dos entendieron. Al día siguiente, Manoliño anunció en casa que se iba a Ferrol para buscar trabajo en los astilleros. Dijo que quería ahorrar para una moto, pero en realidad necesitaba más dinero para ir a Argentina. Su madre intentó disuadirle, pero Pablo la convenció de que no era mala idea que saliera de la aldea. «Ya es un hombre, Loliña». Antes de marchar, Manoliño se acercó al bar de Pepe para hablar con Julián —entonces aún vivía—, intuyendo que tenía más información sobre su padre que ellos. En el quinto vino, tras un montón de piropos y alabanzas a su madre, consiguió algunos datos y un consejo del que no hizo caso: «Yo no iría».

Con la nota de Norberto, Manoliño se plantó un día ante la casa de las cartas devueltas.

PARTE II

PABLO

La última luz en apagarse cada noche en Milagros era la de la habitación de Pablo. Al principio era porque se quedaba leyendo, pero con el tiempo, leer le dio ganas de escribir. Se convirtieron en actividades complementarias, como el aclarado después del jabón, y según terminaba de leer una novela escribía un cuento, para él, para nadie. Sin darse cuenta, un día, en la primera línea del relato anotó: «Querida Lola», y comenzó un libro larguísimo, una conversación de años con lo que suele llamarse, con algo de cursilería y mucha precisión, «el amor de mi vida».

Con la tranquilidad que le daba saber que nunca se las dejaría ver, escribió cartas sin sello ni mentiras todos los días necesarios para rellenar dos décadas. A veces, solo una línea:

¿Hoy me estabas mirando o fue cosa mía?

Otras, un párrafo, como la estrofa de una canción:

Esta habitación junto a la tuya es una celda. Escribo entre barrotes, con la fiebre de los presos. Todo lo que no puedo decirte y todo lo que me gustaría hacerte lo anoto aquí, como esos palotes que van tachando los reclusos para acercar la libertad. Te has rendido. Y me da pena por las cosas que íbamos a hacer, las que nos iban a pasar. Todos los finales que no vamos a ver, lo que no vamos a empezar ... Conozco todas tus virtudes y cada uno de tus defectos. Estoy en posesión del inventario de tus errores y tus aciertos. Me gusta pensar que soy la única persona que se presentaría a la hora acordada en la puerta del banco por la única razón de que el día anterior anunciaste que ibas a atracarlo ... Hoy te odié. Te odié con todas mis fuerzas cuando dijiste: «¿Por qué no invitas a Isabel a cenar? Hacéis muy buena pareja». ¿Te doy miedo,

Lola? ¿Y qué miedo es ese? ¿A ser feliz? ¿Por qué crees que no te lo mereces?...

Escribía con la disciplina de un ritual, ya estuviera cansado, triste, contento o algo borracho, a una mujer que se despertaba cada día deseando la carta de otro. Lo hacía para ordenar sus propios pensamientos, para entenderse mejor. Guardaba lo escrito en un saco de patatas, como un cartero que se hubiera perdido antes de llegar a su destino. El saco funcionaba como una especie de caja fuerte, y guardar allí sus sentimientos le daba cierta sensación de seguridad. Creía que escribirlos era la única forma de controlarlos, de contenerlos y contenerse.

Durante veinte años hubo, por supuesto, muchos momentos en los que pensó en tirar la toalla. Dejarse querer por María, por Alicia, por Carmen... Irse de Milagros. Salir de aquella casa. No torturarse más. Hizo algún intento. María, la hija de Rosa, la panadera, podría contar por qué dejó de ver a Pablo. Después de varias citas —parada en el bar de Pepe, excursión a la playa, paseo por el monte—, una tarde la llevó a casa para que conociera a Copito de Nieve, el cordero que acababa de nacer. Mucho más interesada en el chico que en el animal, pensó que la invitación era buena señal, la primera que le llegaba con claridad, pero se equivocó. Pablo estaba cargado de buenas intenciones, pero no eran de esas que preguntan los padres de las chicas en edad de casar. Tenía verdadero interés en enseñarle a la cría; simplemente pensó que le iba a gustar. Pero María ni siquiera llegó a verla. Cuando ya estaban a punto de llegar a la casa, Lola abrió la puerta. Iba al bar, a la escuela nocturna, y en esos escasos metros, a María le dio tiempo a entender por qué debía darse la vuelta. A Pablo le cambió la cara cuando su cuñada apareció: se le iluminó. Le dedicó una sonrisa que hasta ese momento María no había visto, incluso le pareció que le hablaba con otra voz. Lola la saludó, y cuando Pablo se giró para mirar a su acompañante vio en su cara que había entendido lo que le pasaba. No hacía falta descubrir el montón de evidencias que guardaba en un saco debajo de la cama para advertir su crimen: estaba enamorado de la mujer de su hermano. La procesión iba por dentro pero, por mucho que intentara evitarlo, también se manifestaba por fuera. María se excusó, volvió llorando a su casa y Pablo nunca se atrevió a invitarla a nada más. Para qué. Le habían descubierto.

Quedó con otras chicas. Una estuvo mucho más cerca que las demás. Se llamaba Isabel y no era de Milagros. Vivía en Sueiro, el pueblo del médico, y se conocieron en una verbena de verano a la que fue casi arrastrado por Tomás, su mejor amigo. Era uno de los pocos que se había quedado en la aldea. Se casó muy joven y cada año, durante cinco, anunció que estaba «embarazado». Trabajaba sin parar y la fiesta de Sueiro era la única excursión que se permitía hacer solo, sin familia. Empezaba a hablar de ella en enero. Pablo se resistió, sabiendo desde el principio que no podía decirle que no. A Tomás le encantaba ir porque, aunque era razonablemente feliz con su mujer y sus hijos, estaba agotado y le gustaba salirse una vez al año de ese papel de marido amantísimo y padre dedicado. En la fiesta sacaba a bailar a todas las chicas y flirteaba un poco con ellas, pero nunca iba a más. «Vas a conocer a la mujer de tu vida. Está allí, ya verás», le dijo, como si eso no hubiera ocurrido ya. Pablo tendría entonces unos veintiséis años y nunca había estado con una mujer. Se había dado algunos besos, había palpado algunos sitios, más por accidente que por voluntad, pero aún no había visto ni acariciado un cuerpo desnudo.

Llegaron a Sueiro en bici, con sus mejores camisas y una habitación apalabrada en casa de unos parientes de Tomás. La primera parada fue en el bar de la plaza, el Vilariño. Había mucho ruido. La barra y las mesas estaban vacías, todos los clientes se habían congregado al fondo y gritaban. Pablo y Tomás se acercaron a ver a qué venía tanto jaleo. Tres chicos y una chica jugaban a algo que no habían visto nunca. Todo el bar iba con el equipo de la chica, que iba ganando. No era ni guapa ni fea, tenía el pelo mucho más corto que las mujeres de Milagros y estaba absolutamente enfrascada en la partida. Sudaba, sus manos se movían rapidísimas, con mucha más destreza que las de su compañero y las de sus rivales. Era obvio que Pablo y todos los que estaban allí la encontraban muy atractiva. Cuando ganó, levantó dos brazos larguísimos en señal de victoria. Un grupo de chicas la aplaudió a rabiar. Uno de sus contrincantes se arrodilló y le besó la mano. Todo el bar se ofreció a invitarla a un vino, que hubieran sido cuarenta de haber aceptado, pero el dueño, avispado, disolvió a la multitud al grito de «¡Ni se os ocurra!». Era su padre.

Isabel Vilariño tenía diecisiete años. Se lo dijo cuando se acercó a pedir un refresco —aún sudaba— a la barra, donde Pablo y Tomás bebían *cuncas* de vino.

—Enhorabuena, les has dado una buena paliza. Nunca había visto ese juego.

—Se llama futbolín y lo inventó un gallego, ¿sabes? Un gallego rojo, mi tío. Pero ya no vive aquí. Se fue, como os vais todos, a América. ¿Tú qué haces aún por aquí? Cada vez quedan menos chicos guapos.

Pablo se puso colorado y hundió la cara en la *cunca* de vino, que hubiera deseado que fuera del diámetro de un plato sopero. Tomás, que volvía de hablar con las amigas de Isabel, puso una mano en el hombro de cada uno y les dijo:

—¿Dónde vamos ahora, parejita?

Ella sonrió y miró a Pablo de la mejor forma que se puede mirar a alguien a quien se acaba de conocer: con curiosidad.

—Tengo que ayudar un poco a mi padre, pero mis amigas van a cuidar de vosotros hasta que a las ocho, cuando cierre, Pablo, ¿era Pablo, verdad?, me venga a buscar.

No le dio opción a decir que sí, que ese era su nombre, ni a si iba o no a recogerla, porque Isabel se puso un mandil y se metió corriendo detrás de la barra. Pero a las ocho, efectivamente,

Pablo estaba en la puerta del Vilariño y, por primera vez en mucho tiempo, nervioso. Eso le pareció muy buena señal.

Isabel decidió por él muchas veces más después de aquella verbena y Pablo se dejó hacer. Seguía escribiendo a Lola cada noche, pero era imposible no sentirse atraído por aquella mujer eléctrica que parecía no tomarse nada en serio; tampoco a él. En una tierra donde se comunicaban más por silencios que con palabras, Isabel hablaba sin parar y sin medir: todo lo que se le pasaba por la cabeza lo compartía enseguida. A Pablo le pareció, con el tiempo, que lo hacía para liberarse, para observar sus pensamientos desde fuera y que no tuvieran oportunidad de crecer dentro convirtiéndose en algo persistente, como un problema. Isabel expulsaba un comentario y estudiaba la reacción. Si era buena, de vez en cuando volvía sobre ello para ver los progresos de lo que había plantado; si no, lo sepultaba con una nueva e impactante declaración. Al contrario que la mayoría de la gente que Pablo conocía, ella siempre tenía algo que decir y parecía no importarle lo que pensaran los demás. Eso precisamente era lo que más comentarios generaba, y no siempre a su favor.

Puede que en otros lugares no fuera así, pero, en el rincón en el que le tocó vivir, la gente no apreciaba la diferencia, desconfiaba de ella. Isabel era distinta: jugaba a un juego que muchos ni siquiera conocían. Cuando su padre no miraba, bebía como los hombres; un día tumbó a chupitos a uno que le sacaba la cabeza. Tampoco vestía como el resto de las mujeres ni era sensible a esas frases poco originales con las que empezaban entonces los cortejos. Si se aburría contigo, no era capaz de disimularlo. Si se divertía, tampoco. Era un ser transparente, por eso brillaba tanto. Pero la fascinación que generaba en aquel entorno gris era directamente proporcional al miedo, es decir, al rechazo. De alguna manera, Isabel desafiaba el orden establecido, ese territorio familiar y conocido donde hombres y mujeres sabían a qué atenerse: qué se esperaba de cada uno, qué debían aportar en sus relaciones con los demás. Isabel inquietaba a los dos sexos, porque no se dejaba impresionar por lo que parecía funcionar con otras y porque nadie había entrenado a las jóvenes de la zona para poder imitarla, es decir, para ser totalmente libres.

Primero se hicieron amigos. Pablo le contó lo suficiente para que Isabel intuyera todo lo demás, y durante mucho tiempo ella lo miró como se mira la cima de una montaña desde el valle o el pódium desde la mesa donde uno recoge el dorsal para inscribirse en una carrera. Pablo era un reto. El hecho de que hablara poco hizo que deseara conocer cada uno de sus secretos, y que no intentara nada con ella, que quisiera aprenderse cada lunar de su cuerpo. Fue con Isabel con quien Pablo perdió la virginidad. Ella nunca olvidaría lo que le dijo justo antes, con una sonrisa irrepetible, imposible de imitar, en la que había nervios, deseo y ternura:

—Esto puede ser un desastre.

No lo fue. La curiosidad superó la falta de experiencia. Todo lo que no sabía lo aprendió esa noche, probando, preguntando sin hablar. Tocaba, acariciaba, besaba como si en ese momento no hubiera misión más importante en el mundo que hacer disfrutar a aquella mujer que se había ido acercando y acercando a él hasta activar ese instinto que lleva a ocupar el cuerpo de otro, a querer integrarlo en el propio hasta hacerlo temblar. Se olvidaron de dónde estaban, de la hora que era, de qué habían hecho antes de llegar allí y lo que les esperaba al día siguiente. No había nada más que hacer ni que pensar.

Sí, con Isabel estuvo cerca.

Pero justo cuando ese pensamiento empezaba a tomar cuerpo, siempre sucedía algo. Al acostar a los niños, Lola decía de repente: «¿Bailamos?». A veces jugaban a las cartas. «El que pierda una mano tiene que contestar, con la verdad absoluta, a una pregunta del otro. ¿Trato?», dijo él un día. Ella aceptó. Sus conversaciones más honestas habían sido así, fingiendo que jugaban.

—¿Qué piensas cuando piensas en mí?

Lola le daba un trago largo al vino, le miraba a los ojos y decía, por ejemplo:

—No sé qué haría sin ti.

—Esa es una respuesta a otra pregunta.

Y Lola le daba otro trago al vino.

—Cuando estás callado, siempre quiero saber lo que estás pensando. Entrar en tu cabeza, hundir la mano en ese pelazo y que me lo cuentes todo. Eres el hombre más interesante de esta aldea y saberlo hace que me sienta importante.

Dos manos después, ganaba Lola.

—¿Por qué no me sacabas a bailar en las primeras romerías?

—Porque me sudaban las manos y se me secaba la boca. Porque me moría de miedo y de ganas.

—Ahora te toca a ti.

—¿Sigues leyendo las cartas de Manuel?

—A veces. ¿Puedo preguntar yo?

—No es lo que dice el reglamento, pero dale.

—¿Tú me habrías escrito?

—Yo nunca me habría ido.

El duelo terminaba siempre con una broma de Lola; era su forma de decir que no quería seguir jugando, que se estaba asustando. Pero fue esa sucesión de momentos extraviados, escasos en el conjunto de los años, lo que hizo que Manuel siempre decidiera quedarse y seguir esperando.

Guardaba cada uno de aquellos instantes como un tesoro y los repasaba mentalmente al acostarse, rendido, tras haber cumplido un día más de condena. El que más le gustaba, por ser el más parecido al de una pareja, era el de la vez que fueron a Santiago a resolver los trámites de la herencia. Cuánto le gustó no tener que compartirla aquel día con nadie. Cualquier movimiento, cualquier frase, era un premio porque solo él podía verlo y solo él escucharla. Empezó a llover y se empaparon porque no tenían paraguas, y él se quitó la chaqueta para cubrir las cabezas de ambos mientras corrían y se reían hasta que encontraron un refugio entre dos casas. Fue en aquel pasillo estrechísimo, donde las tejas de cada lado impedían que les cayese el agua y donde no cabía nada más que sus dos cuerpos pegados, frente a frente, donde todos los sacrificios cobraron sentido. Estaban tan cerca que su ropa aún olía a Lola cuando volvieron a Milagros. Tan cerca, que él apartó unos cabellos mojados de ella de su propia cara. Tan cerca, que a Pablo le dio miedo que Lola notase los espasmos de su pecho, con el corazón decidido a atravesar la carne para golpear el cuerpo de enfrente. Nunca agradeció tanto la falta de espacio. Nunca se habían mirado de esa manera durante tanto tiempo. Nunca había tenido tantas ganas de besarla. Le preguntó con los ojos si podía hacerlo, y cuando entendió que no había resistencia, sino una excitación parecida al terremoto que él tenía dentro, cogió su cara asustada y la acercó a sus labios. Era el beso que quiso darle la primera vez que la vio y todos los que siguieron a aquel día. Al encontrar su lengua le temblaron las piernas y pensó por un momento que el resto de su cuerpo se derretía, confundiéndose en los charcos que había formado la lluvia acumulada en sus dos abrigos. No sabría decir si fue uno muy largo o muchos, ni cuánto duró aquel beso o besos, pero aquellos segundos o minutos fueron suficientes para que él decidiera esperarla durante años, una vida entera, la suya, si era preciso.

Y eso fue lo que hizo.

Anselmo nunca había sido un hombre convencional, así que tardaron mucho en darse cuenta de que estaba enfermo. Al principio pensaban que les tomaba el pelo porque parte de su excentricidad residía en un sentido del humor que muy pocos entendían. Su cara tampoco ayudó al diagnóstico. Le llamaban *«O Neno»* porque había que fijarse mucho para acertar su edad: los ojos le brillaban como si todos los días fueran la mañana de Reyes y siempre sonreía. Esa expresión infantil también les despistó durante meses; nadie percibía que, de hecho, Anselmo había vuelto a ser un niño.

La enfermedad se manifestó, en este caso, en forma de nostalgia. El hombre-niño evocaba constantemente recuerdos de la infancia, describía con precisión el carácter de sus padres, lloraba por su hermanito muerto con la misma desesperación que aquel día que el bebé ya no despertó; señalaba, al pasar por un camino, un lugar donde se había caído y se había «hecho sangre». Virtudes lo llevaba al cementerio pensando que lo que tenía eran remordimientos por no haber dejado flores en el panteón familiar desde hacía tiempo, y al llegar a casa buscaba la herida en el cuerpo de su marido para curarla, pero no había huella alguna de aquel tropiezo.

Después se le confundieron los nombres. Al principio él se daba cuenta y dejó de utilizarlos, para no equivocarse. Dejó de llamar Virtudes a Virtudes y empezó a convocarla con motes cariñosos, algo que tampoco encendió ninguna alarma porque, en el fondo, Anselmo siempre lo había sido. Un día se escapó de casa. Durante unas horas, su ausencia tuvo varias explicaciones: «Estará en el bar», «Seguramente ha ido a ver a Luis», «Habrá salido a dar un paseo...». Cuando el tiempo fulminó todas las posibilidades, Pablo fue a buscarlo. Ya era noche cerrada y hacía ese frío que permite a los hombres producir su propia niebla al respirar. Lo encontró en la carretera, en pijama.

—¡Papá!

Anselmo, temblando, lo miró con sus ojos de niño y preguntó a su hijo, sin reconocerlo:

—¿Te has perdido, *rapaz?*

Pablo lloró por primera vez en muchos años.

—No llores, *rapaz.* Yo te llevaré a casa. ¿Sabes dónde viven tus padres?

Le puso su abrigo por encima de los hombros y cogió a su padre de la mano. De camino a casa, Anselmo cantaba la «Nana de la abuela», como cuando él era niño.

Xa deitou o sol,
Xa deitaron as árbores, os peixes e os paxariños,
As terneiras, os poliños e as bolboretas
Durme, durme meu rei
Durme ata mañá.

Ya se acostó el sol,
Ya se acostaron los árboles, los peces y los
[pajaritos,
Las terneras, los pollitos y las mariposas.
Duerme, duerme, mi rey
Duerme hasta mañana.

Virtudes, aún sin entender, se le lanzó al cuello en cuanto los vio entrar por la puerta.

—¿Se puede saber de dónde vienes? ¡Estábamos preocupadísimos! ¿Qué haces en pijama?

Anselmo fue directo a la *lareira*. Antes de dormirse, oyó al niño perdido decir:

—Papá no está bien.

El médico se acercó a verlo al día siguiente y les aconsejó que fueran a Santiago. Allí les confirmaron que padecía una enfermedad que afectaba a la memoria y que volvía niños a los ancianos. También les dieron «una buena noticia y y otra mala»: no dolía, pero no tenía cura.

Virtudes se enfadó muchísimo. Insultó a los médicos y a Pablo cuando la abrazó. De camino a la estación insultó también a un guardia, a una señora que según ella la había empujado, y sobre todo a Anselmo, que otra vez se había puesto a cantar. Era la forma en la que expresaba sus remordimientos por no haberse dado cuenta de que su marido, la persona con la que se despertaba y se dormía cada día desde hacía más de cuarenta años, ya no estaba ahí.

Como les dijeron en la consulta, todo iba a ser más duro para ellos que para el enfermo. Hubo que explicar a los vecinos lo que ocurría, por si volvía a escaparse, para que lo llevaran a casa. Hubo que aprender a seguirle la corriente, porque cuando intentaban corregirle en algún error, Anselmo se ponía nervioso y, alguna vez, agresivo.

Hubo que establecer nuevas rutinas, aprender sus nuevos gustos y aficiones: que le cantaran, que le acariciaran el pelo, que le leyeran... y todos los alimentos que ahora, de repente, detestaba. Hubo que asumir que el padre de familia era ahora un niño más y explicárselo a sus nietos. Hubo que darle de comer cuando se le olvidó para qué servía el tenedor, para qué la cuchara. Hubo que asearlo cuando dejó de sentirse sucio. Hubo que repetir respuestas a preguntas hechas mil veces. Hubo que enfadarse, y compadecerse, y llorar de la rabia cuando resultó evidente que había dejado de reconocerlos. Hubo que encajar las miradas de pena y asumir una agonía larga. Porque el enfermo desaparecía un poco más cada día, con la crueldad añadida de que de vez en cuando volvía y se producía una ráfaga de lucidez que les recordaba al hombre que había sido, justo antes de desvanecerse de nuevo en un lugar que solo él conocía.

Cuando Anselmo empeoró, ya no había forma de avisar a Manuel, porque ya había llegado de Argentina aquel sobre con las cartas devueltas y Julián había muerto. Lola y Pablo se turnaban para leerle y hacerle esas caricias que le tranquilizaban. Por las noches, lo último que se escuchaba en aquella casa era la nana de la abuela cantada por Virtudes, esa mujer dura que en el fondo no lo era. A menudo Lola se preguntaba, viéndolos, qué había juntado a aquellas dos personas de carácter tan diferente. Pero cuando más falta hizo la ternura, Virtudes la sacó. Quizá no eran tan distintos o puede que no hiciera falta que se parecieran. Existían tantas formas de querer como parejas y por eso todas eran, de alguna manera, un misterio.

El día que Virtudes se dio cuenta de que *«O Neno»* empezaba a apagarse del todo, pidió a su hijo mayor que buscara como fuera a su hijo pequeño: «Haz lo que tengas que hacer».

Al día siguiente, Pablo fue a Santiago a ver a un detective cuyo anuncio había visto en el periódico y que presumía de tener antenas en todas las ciudades donde había un gallego.

En Santiago, al tratarse de un encargo «transatlántico», le pusieron al teléfono con el director de la empresa, que vivía en Madrid. Francisco Rodríguez nunca fallaba. En cuanto los veía aparecer en el despacho sabía si estaba delante de un triste cornudo o cornuda o ante un pobre paranoico o paranoica. No hacía falta que saliera a hacer lo de siempre: seguir a los maridos o esposas, hacerles unas fotos y volcar lo aprendido sobre los seres vigilados en informes tan asépticos como una autopsia. Llevaba años ejerciendo de detective privado y había desarrollado un sexto sentido para detectar infidelidades. Le bastaba con ver la cara de los desesperados cónyuges. Ellos mismos, además, solían confirmar su primer diagnóstico antes incluso de que él saliera a cazar. Si la tarifa les parecía excesiva, solían ser celosos enfermizos. Si no preguntaban por el precio es que tenían cosas más importantes de las que preocuparse que el dinero, solo necesitaban que un profesional se lo confirmara.

Rodríguez, como lo llamaban en la oficina, donde el próspero negocio daba trabajo a seis empleados, había sido policía, un trabajo muy parecido pero peor pagado. «Ahí aprendí lo fundamental: a desconfiar. Somos muy poco originales; el hombre siempre tropieza con la misma piedra y siempre cae en las mismas tentaciones», les decía a los nuevos.

Los cuernos y los celos infundados pagaron las clases de inglés de sus niños cuando nadie iba a clases de inglés y los regalos caros con los que le gustaba sorprender a su novia. Había semanas en las que Rodríguez recibía hasta tres almas en pena en su despacho. «No se preocupe, señora. Si de verdad su marido tiene una aventura, lo vamos a saber...». «Descuide, caballero, en unos días sabrá la verdad». Para todos tenía una frase maestra que había hecho enmarcar y que colgaba en la pared: «La información es la mejor defensa ante cualquier circunstancia».

La hora caliente de su trabajo era la de comer porque, en sus muchos años de experiencia, Rodríguez había comprobado que para la mayoría de los casados era el único momento posible. Como la pausa de la comida era su hora de trabajar, los días que tenía guardia desayunaba fuerte, y si era posible con Elisa, una azafata de Iberia quince años más joven, morena, de ojos azules. Un bombón. Llevaban ya cinco años juntos, después de que él dejara por ella a su mujer, y cada vez que Rodríguez la veía preparada para salir de viaje, con su uniforme ceñido pero elegante, se moría de ganas de desnudarla solo para asistir de nuevo a la ceremonia de verla vestirse: las medias transparentes; la falda por la rodilla, con cremallera; la camisa blanca desabrochada hasta el tercer botón, el nudito del pañuelo, los tacones que en la parte de atrás, en pequeñito, llevaban el emblema de la aerolínea … Cuántas veces jugaron a azafata y pasajero. Con uniforme y sin él. «Caballero, ¿ha llamado? ¿Necesita alguna cosa?»… Es cierto que hacía tiempo que no jugaban, pero era normal, los viajes resultaban matadores y la gente se ponía a veces tan pesada en los aviones…

Rodríguez estaba muy muy enamorado.

Una vez metido en faena, se concentraba como un lince, pero en el desayuno, junto a Elisa, a Rodríguez le daba una pereza tremenda salir de casa para comprobar todas esas cosas que él ya sabía. «Este, ya te digo yo, está dándosela a su mujer con la secretaria. Lo tengo caladísimo». Ella le reñía por remolonear y se ponía siempre de la otra parte: «Pues a lo mejor te equivocas y este no la engaña». O: «Pues yo creo que zutanita sí tiene un amante». En cuanto ella le retaba, en cuanto sugería que quizá su instinto le fallaba esa vez, Rodríguez se ponía los zapatos, le decía: «¿Qué te apuestas?», le daba un beso y salía más feliz que un recién casado a reunir pruebas para demostrarle a Elisa —y luego a la esposa del adúltero— que él era el mejor detective privado de todo Madrid.

Rodríguez iba entonces al lugar de trabajo del espiado, que casi siempre era un edificio de oficinas acristalado, donde los hombres vestían de traje y corbata, y las mujeres se tambaleaban por la moqueta sobre esos tacones altos y afiladísimos que hacen estragos en la crisis de la mediana edad.

Desde el coche miraba una vez más la fotografía que le había dado, por ejemplo, doña Clara, una mujer que, pensó, tuvo que ser muy guapa en su momento. Un fallo recurrente de las cornudas era que en la primera visita solían llevarle fotos de la boda y tenía que explicarles que necesitaba una más reciente. Aquí venía siempre el problema, porque el matrimonio no las tenía. Generalmente, y eso lo había aprendido también Rodríguez en sus años de oficio, las parejas dejaban de hacerse fotos, es decir, de viajar, de tener cosas que celebrar, ni ganas de inmortalizar nada, en el mismo momento en que dejaban de tocarse, y ese era el punto en el que empezaba a forjarse el adúltero. Dependiendo del caso, de las creencias religiosas, de las posibilidades económicas, del atractivo físico, etcétera, el adúltero tardaría unos meses, un año a lo sumo, en manifestarse.

A las dos de la tarde salió el marido de doña Clara de la oficina. Tenía una barriga de unos ocho meses y unos mofletes esponjosos color

Semana Santa. Llevaba unos zapatos brillantes y un impecable abrigo de paño. «14.00. Individuo 1 se introduce en un coche», apuntó Rodríguez en su cuaderno. Unos años antes todavía habría pensado: «Quizá tiene una comida de trabajo». Ahora ya no. «¿A que me lleva al Torre América?», le dijo a su reflejo en el espejo retrovisor. Cuando vio que doblaba la esquina del hotel, sintió un punto de satisfacción, de orgullo personal por haber acertado, pero en el fondo —porque era un profesional y, a la vez, un hombre muy enamorado—, Rodríguez deseaba estar equivocado y que el adúltero se dirigiera a un restaurante. Para así poder decirle a Elisa al llegar a casa: «Pues tenías razón».

No era el caso.

A las dos y diez llegó una mujer de veintipocos años uniformada con esos tacones matadores, una camisa de puños duros, marcando sutilmente las formas, unas perlitas y un bolso grande con la logística precisa para el crimen: una muda, un frasco de perfume, una barra de labios para volver a pintar lo que se había emborronado. Era ella. Luego entró otra chica más y una pareja, pero Rodríguez sabía que saldrían juntos. A las cuatro menos cuarto vio sus siluetas en el hall del Torre

Europa, un hotel grande, a las afueras, que de frente parecía una gran colmena, con sus huéspedes ocupando habitaciones como abejitas ruidosas. Ella tenía el pelo algo mojado. Él llevaba en la cara la sonrisa triunfal que había visto tantas veces. Una sonrisa que quería parar a todos los hombres que pasaban por delante, darles un codazo y decirles: «Ella y yo, ahora mismo, ¿sabe?».

Rodríguez tomó las habituales fotos con su cámara, la primera gran inversión cuando puso en marcha el negocio: «Individuos 1 y 2 saliendo del hotel» y abría el plano para que se viera el nombre del establecimiento, dato que solían preguntar los afectados. «Individuos 1 y 2 se despiden», aquí buscaba un plano corto, para que los negacionistas no pudieran decir: «Se parece pero no es, no es...». «Individuo 1 coge coche. Individuo 2 se aleja caminando». «16.00. Individuo 1 llega a la puerta de la oficina...».

En el Torre América tenía que ir con cuidado porque era tan habitual, que los adúlteros no, pero Mario, el encargado del hotel, sí le había descubierto. «Mis hijos también tienen que comer. Como se sepa qué haces por aquí, me buscas la ruina», le dijo un día poniendo cara de pena. Intentó sobornarlo con unos albornoces primero, y barra libre en el bufet del desayuno después: «¿Qué te cuesta? Les dices luego que su mujer es una santa, o que su marido es un bendito, y ganamos todos». Pero Rodríguez era incorruptible.

Antes de citar en su despacho al cornudo o cornuda para entregarle la autopsia de su matrimonio, Rodríguez acumulaba pruebas en sucesivos días de infidelidad, a los que en el informe llamaba «episodios». A veces, el Individuo 1 y la Individuo 2 se confiaban y se escapaban un fin de semana entero, obligándole a desplazarse fuera de Madrid a uno de esos moteles que tienen la bañera a un paso de la cama o viceversa. Esto irritaba mucho a Rodríguez porque tenía que separarse de Elisa dos días enteros, aunque subía la tarifa —llevaba en el coche un aparatejo similar a un taxímetro— y a la vuelta siempre paraba en alguna estación de servicio donde vendían mantecados o chocolatinas gigantes para compensar a su novia por su ausencia.

Redactado el informe, Rodríguez hacía la llamada. Por teléfono nunca anticipaba nada, entre otras cosas porque, como a los sicarios, a los detectives se les pagaba una parte por adelantado y el resto al final. En el despacho siempre tenía whisky y pañuelos de papel para atender a los cornudos. Los detectives, como los médicos, necesitan aprender a dar malas noticias, y por eso les insistía a los chicos: «Tacto, mucho tacto. Responded a todas sus preguntas, pero dando la mínima dosis de información. Sin adjetivos. Ellas nunca son guapas ni ellos más jóvenes. Individuo 1 e Individuo 2».

Rodríguez los trataba con tanta delicadeza que, al despedirse, tras haberles comunicado la infidelidad del esposo o la esposa, muchos le daban las gracias. A veces establecía una relación de más confianza con algún cliente y se atrevía a preguntar: «¿Qué va a hacer ahora?».

El divorcio tardaría años todavía en legalizarse en España, pero en algún caso, como el suyo propio, los matrimonios llegaban a una especie de acuerdo para hacer su vida por separado. Casi todas las veces que hizo aquella pregunta le contestaron que «nada». Sobre todo querían saber, asegurarse de que los celos no eran imaginaciones suyas. La información, aunque sea desagradable, siempre aporta cierto sosiego.

Un sábado seguía a una adúltera de manual cuando, tras repostar en una gasolinera, ella abortó el plan y dio media vuelta. Eso sí que no le había ocurrido nunca: el arrepentimiento. Las citas estaban programadas con tanto celo por los amantes que generalmente era muy complicado darle la vuelta a la excusa. Una vez anunciado en casa que el fin de semana estarían fuera por trabajo, no había marcha atrás. Rodríguez la siguió hasta su domicilio y se alegró porque también él podía volver al suyo y pasar el fin de semana entero metido en la cama con Elisa.

En el recibidor le extrañó ver unas bragas, un sujetador y una camiseta, pero pensó que se le habrían caído del cubo en el trayecto de la lavadora al tendedero. Vivían en un dúplex espacioso cuya hipoteca pagaban los adúlteros, nada que ver con el nanopiso que compartió con su mujer en sus tiempos de policía. Todo estaba a oscuras y Rodríguez pensó que Elisa estaría durmiendo. Al fin y al cabo era la hora de la siesta, y la pobre trabajaba tanto. La gente, ya se sabe, se pone tan pesada en los aviones…

El cerebro tardó mucho más en comprender que los ojos: Elisa le hacía a otro hombre lo que ellos dos nunca hacían, y además parecía que le gustaba. Estaban tan enfrascados en el asunto que Elisa y su amante —calculó unos quince años más joven que él— ni se enteraron de que tenían un testigo en la puerta.

Al fin, Elisa levantó la cabeza y se tropezó con la mirada perdida de Rodríguez. «¡Dios mío, Paco! ¿Qué haces aquí?», fue la absurda reacción de ella. «Es que Magdalena al final se ha arrepentido y se ha dado la vuelta en una gasolinera», fue la aún más absurda reacción de él.

Cerró la puerta. Bajó muy despacito las escaleras y se dejó caer en el sofá. Mientras, arriba, Elisa y el hombre quince años más joven buscaban el valor para salir del dormitorio, Rodríguez reparó, entonces sí, en todas las señales que había pasado por alto: los dobles turnos, la lencería nueva en el tendedero, la sonrisa triste que ponía ella cuando él le hacía un regalo caro, el tiempo que llevaban sin jugar a azafata y pasajero... Pensó en lo patético que resultaba un detective privado cornudo. Su carrera había terminado. Sería el hazmerreír de la oficina. Aquello no podía saberse, y decidió que no se sabría, que la perdonaría. Ella bajaría, lloraría, le suplicaría que no la dejara, le diría que había cometido un error, que le quería... Al fin y al cabo, pensó Rodríguez, aquello podía ser una especie de vacuna: les costaría mucho superarlo, pero tendría así la garantía de que su novia no le engañaría en los años que les quedaran por delante porque ya lo había hecho.

Cuando oyó la puerta de la calle, subió decidido a dejar hablar a Elisa, a escuchar toda esa palabrería que despliegan los adúlteros cuando los han pillado, y perdonarla. Pero el dormitorio estaba vacío, como el armario.

Sobre la cama ella había dejado una nota:

Lo siento mucho, gordito. Me he enamorado. No quiero nada.

Esa misma noche, roto, llamó a la puerta del nanopiso. «¿Qué haces aquí, Paco?». Rodríguez rompió a llorar: «Me ha dejado por otro». Luisa sabía que aquello iba a pasar tarde o temprano, pero no le respondió «Te lo dije». Con mucho mimo, lo llevó hasta el sofá, le sirvió un whisky y le acarició el poco pelo que le quedaba. En ninguna de las veces que había imaginado aquella escena, y fueron muchas desde que su marido la dejó, las cosas sucedían así, pero cuando vio a aquel hombre derrotado no pensó que ella había ganado. Sintió, sobre todo, por encima de cualquier otra cosa, pena.

Al día siguiente le pusieron al teléfono a un hombre de aldea con un encargo difícil: encontrar a su hermano en Buenos Aires. Se entregó al reto con determinación, para borrar a Elisa de su mente o, al menos, no dedicarle a ella todas las horas del día.

—Va a ser complicado. No le prometo nada, pero lo vamos a intentar. Si es necesario, me desplazo yo mismo a Argentina.

—¿De qué tarifas estamos hablando? No tenemos mucho presupuesto. Somos gente humilde, de aldea, pero mi padre se está muriendo y nos gustaría que mi hermano estuviera aquí para despedirse.

—No se preocupe por eso ahora. Le iré contando.

La casa se fue vaciando. Primero perdieron a Anselmo y no mucho después a Virtudes, que murió con el nombre de su hijo extraviado en la boca.

Pablo había averiguado, gracias al detective, el paradero y las circunstancias de su hermano, pero le pareció que aquella información no le iba a hacer bien alguno a una madre moribunda y jamás la compartió con ella.

—¿Qué dice el detective?

—Cree que está muerto.

—Si está muerto, quiero que lo traigas y lo entierres con nosotros. Mi hijo no puede estar tirado en cualquier parte, solo, por ahí. Prométemelo.

—Te lo prometo, mamá.

No estaba muerto. Los hombres de Rodríguez en Buenos Aires lo habían localizado en una pensión. Tras seguir sus pasos durante unos días, lo abordaron en su habitación.

—Nos envía su familia. Sentimos decirle que su padre se está muriendo.

Manuel rompió a llorar desconsoladamente. Al principio, los enviados de Rodríguez le dieron una palmadita en la espalda; luego, al ver que el llanto se alargaba, se apartaron un poco, incómodos, sin saber muy bien qué hacer. Nunca habían visto llorar a un hombre, y menos a uno de aquel tamaño, y así lo hicieron constar en su informe. La habitación o Manuel apestaban a alcohol. Nada estaba en su sitio, ni siquiera el colchón.

—Su hermano nos ha pedido que se ponga en contacto con él para organizar su regreso. Tenemos entendido que tiene algunos problemas de liquidez.

Aún estaba borracho, pero Manuel solo quería que la visita se marchara para seguir bebiendo y olvidarse de todo lo que había oído.

—Díganle que le escribiré una carta con un pseudónimo, Juan Acuña, el portero del Deportivo.

Pero esa carta nunca llegó. Anselmo primero, y Virtudes después, murieron sin despedirse de su hijo.

Aunque era un pensamiento que había ocupado buena parte de sus vidas, Lola y Pablo solo lo hablaron en serio una vez. Volvían del cine de verano y de tomar unos vinos en el bar de Pepe, a los que se sumaron un par más en casa. De alguna forma ambos sabían que ese era el día, y debieron de pensar que el alcohol los ayudaría a provocar, por fin, aquella conversación. Para ayudarse un poco más, Lola cogió la baraja de cartas y dijo:

—¿Jugamos?

—Jugamos, pero hoy vamos a cambiar un poco las reglas. No hay preguntas. Solo verdad. Cada uno tiene que decir lo que está pensando. ¿Trato?

—Trato.

—Quiero que seas feliz, y creo que sé cómo conseguirlo porque es a lo que más tiempo he dedicado en mi vida: a pensar cómo.

—Desde hace muchos años, la felicidad ha tenido que ver siempre contigo y creo que sé por qué.

—¿Lo crees o lo sabes?

—Lo sé, pero me gustaría hacer algo antes. Necesito un poco más de tiempo.

—Si hubiera tenido prisa, hace mucho que ya no estaría aquí. —Pablo sonrió, cogió la cara de Lola con las manos y dijo—: Vamos a ser felices. Pronto.

Cada uno se fue a su cuarto. Lola se puso a escribir una carta que no iba a mandar a ningún sitio, y Pablo no lo hizo por primera vez en mil noches. Al día siguiente ella se la dejó leer.

Querido Manuel:

No vas a leer esta carta porque no sé dónde enviártela, pero necesito escribirla, despedirme. Hace mucho tiempo que no sé nada de ti, y mucho tiempo es muchos años, veinticinco para ser exactos. No te acordarás, pero pactamos que serían tres y que si te iba muy muy bien, yo me reuniría contigo en Argentina. Ahora todas aquellas conversaciones me resultan ridículas. Hemos pasado más tiempo separados que juntos y estamos casados. Parece el comienzo de un chiste.

Ni siquiera sé si sigues vivo, aunque supongo que sí, porque si no alguien nos habría informado, aunque solo sea porque la muerte hay que pagarla. Pero nadie se ha puesto en contacto con nosotros para pedir dinero para un entierro. Pienso que sigues vivo y que la decisión de no volver es eso, una decisión, lo que tú elegiste. Creo que habría merecido, al menos, que compartieras conmigo esa información, pero también decidiste no hacerlo. Ignoro si eres consciente de lo cruel que resulta eso, dejar a alguien, a mí, en el limbo, preguntándose cada día qué pasó. La verdad es que no te conozco. No nos conocemos.

Si no te has molestado en escribirme, probablemente tampoco estés muy interesado en saber cómo me ha ido, pero voy a contártelo de todas formas. Me he convertido en una especie de leyenda en Milagros y alrededores. La gente piensa que soy un caso único porque ya hay que tener mala suerte para que el marido le haga a la esposa lo mismo que el padre le hizo a la madre: abandonarla. Tú sí sabes que él no nos dejó, lo mataron, pero mis vecinos solo conocen la versión oficial y, como esa no puedo cambiarla, llevo toda la vida convenciéndolos y convenciéndome de que tú no nos abandonarías. Ellos veían cómo me iba del bar sin lograr hablar contigo y que montaba la escuela de adultos para sacar algún dinero extra, el que tú no mandabas, aunque fuera tan gratificante esa misión que me autoencomendé para distraerme, para alejar mi cabeza de ti. Podría, quizá, haberme inventado cartas que no enviabas, pero para qué meter al pobre de Venancio en esto. Mi forma de convencerlos y de convencerme de que volverías fue mucho menos aparatosa: esperarte. Llevo veinticinco años haciéndolo y hoy te escribo para decirte que no lo haré más.

Nunca entenderé, si es que te enamoraste de otra mujer, por qué no me lo dijiste. Créeme, no hay una verdad capaz de hacer más daño que no saber, atormentarse cada día pensando qué pudo pasar.

Me cuesta mucho reconocer a la persona de la que me despedí en la que me ha hecho esto. Porque yo no me enamoré de ti, tú me enamoraste. Yo estaba tranquila, ocupándome de mis estudios, de mi escuela, de mis amigas, y tú insististe e insististe hasta que me hiciste dudar: «Si tiene tanto interés, quizá yo también debería tenerlo». Eras el más guapo, pero al principio no me atraías. El día de la romería, cuando nos dimos nuestro primer beso, yo había llegado queriendo bailar con otro que no se atrevió a pedírmelo, pero que ha estado todos estos años a mi lado, esperando también.

Luego sí, me enamoraste, porque nadie me había hecho reír tanto como tú y porque era un espectáculo ver cómo te relacionabas con todo y con todos. No había una sola chica en esta aldea que no deseara estar contigo, nadie que no quisiera invitarte a un vino, contemplar aquella fuerza de la naturaleza. Todos parecían dedicarse a trabajar, pero solo tú sabías vivir. Era eso lo que te hacía exótico, irresistible.

Creo que fuiste feliz conmigo, aunque entenderás que ponga en duda cada minuto que pasé contigo. Releí las pocas cartas que me enviaste hasta saberlas de memoria, buscando alguna pista, algo que indicara, entre líneas, que no me querías tanto como decías. Eso me hubiera facilitado mucho las cosas. Me habría permitido entender el silencio y la ausencia, continuar. Pero no lo encontré, y por eso, por no entender, he seguido esperándote. Hasta ahora.

Si finalmente me he decidido a escribir esta carta es porque creo que hará que se me quiten las ganas de volver a pensar en ti, y eso me pondrá a salvo. No vas a leerla, pero imagino tu reacción si lo hicieras. Nunca has tolerado las críticas, ni cuando venían de las personas que más te querían, y tu orgullo te impediría leer en estas líneas toda la verdad con la que están escritas. Pero debes saber que tu comportamiento ha sido tremendamente injusto conmigo, y no solo conmigo, tu esposa. Has sido injusto con tus hijos, que son dos personas maravillosas con una mancha de amargura que no logré quitarles porque fui yo quien se la contagió. Y lo que has hecho ha sido tremendamente injusto también con tu familia. Con tu padre, que se fue sin recibir una caricia tuya; con tu madre, que murió diciendo tu nombre, y con tu hermano, Pablo, que ha sido el responsable de los escasos momentos de felicidad de mi vida desde que te marchaste. Podría haberse ido también, pero no lo hizo. Ha estado a mi lado y al lado de tus hijos desde entonces. Ahora quiere más, siempre lo ha querido, y yo también.

Adiós, rubio.

Se tumbaron en la hierba, porque era uno de esos cuatro días del año que no estaba húmeda. Lola le dijo:

—Estoy un poco nerviosa. Cuéntame algo.

Pablo sonrió. Porque lo hacía siempre que ella se dirigía a él y porque sus nervios eran el mejor piropo que le habían dedicado nunca.

—¿Hace cuántos años que nos conocemos?

—Pues casi todos los que tenemos. En este rincón no hay escapatoria.

—Eso es mucho tiempo de observación. Voy a contarte todo lo que aprendí. Vamos a ver: Lola Sanfíns, de los Sanfíns de toda la vida. Fuiste una niña tímida. De pequeña te encogías un poco para que no se notara tanto que eras una cabeza más alta que las demás. Nunca has sido consciente de lo bonita que eres ni te he visto ser vanidosa o condescendiente. Cuando tienes sueño, te tocas la oreja. En la misa movías la boca como si cantaras porque no te sabías la canción. Te gusta bailar. Calzas un treinta y ocho. Tienes un lunar en la nuca. Cuando te ríes con ganas, tiembla el agua en los vasos. Sé que haces cosquillas con los nudillos, porque cuando se las hacía a Celia y a Manoliño me decían: «¡Así no, como mamá!». También sé que no hay nadie a quien le siente mejor el rojo, aunque siempre vayas de negro. Yo me acuerdo. Me acuerdo de todo porque veo el pasado y, sobre todo, el futuro, donde beso cada día mil veces esa lenteja de tu nuca. Ah, y piensas que cocinas bien, pero no es verdad.

—¿Cómo que no? —Y la risa espantó a varios pájaros que escuchaban la conversación desde un árbol.

—Como que no.

—Vas a encontrar cosas peores. ¿Y si te has pasado todos estos años imaginando a alguien que no existe? Solo puedo decepcionarte.

—Precisamente porque nadie te conoce mejor que yo, eso que dices es imposible.

—Si nos descubre, no nos va a dejar en paz.

—¿La mosca?

—La mosca.

Pablo cogió la manta y la echó por encima de ambos.

—¿Sigues nerviosa?

—Ahora más.

Le cogió la mano y la apretó. Dedicaron el resto de la tarde a hacerse caricias muy despacio debajo de la manta. Bendita mosca. No había nadie más feliz en el mundo, que era un lugar que quedaba muy lejos.

Al día siguiente, llegó carta de Manuel.

Querida Lola:

He empezado muchas veces en mi cabeza esta carta. Este año, el pasado, hace cinco… Llevo mucho sin escribirte, pero hoy puedo asegurarte que esta es la última vez que lo hago. Quería explicarte todo y siempre me ha podido la vergüenza. La vergüenza es algo paralizante, más que el miedo. Por vergüenza no volví. Por vergüenza dejé de llamar y de escribir.

Las cosas no me fueron bien aquí. Nunca me adapté. Nunca he sabido estar solo. Quizá te enteraste a través de Julián, porque una vez le pedí dinero, aunque también le pedí que no te dijera nada. Empecé a beber y a jugar. Dejé de mandarte los giros porque me lo gastaba todo en alcohol y en timbas absurdas en las que siempre perdía. Al día siguiente me decía que sería la última, pero siempre volvía. Pensaba que podría recuperarme, pero solo me hundía más.

Las dos últimas veces que volví a casa, a ti, tuve que endeudarme para pagar el billete y, al regresar, por cada mes que me retrasé en el pago del préstamo, me dieron una paliza. En una ocasión llegué a pensar que iba a ser la última, y me pareció bien, me dejé hacer, pero por alguna razón volví a despertarme.

Me moría de ganas de veros, a ti, a Celia y a Manoliño, pero los viajes me destrozaban. No sabía cómo relacionarme contigo, tú tampoco sabías qué hacer conmigo... Y los niños..., ¿cómo comportarme con ellos? Quería haceros reír y me sentía el hombre más desgraciado del mundo porque no encontraba la manera. Quería recuperar el tiempo perdido, compensaros por todo el que había estado fuera, pero era incapaz. Nada salía de forma natural y notaba que ellos se daban cuenta. Cuando me dieron aquellos dibujos y vi que aparecía «el tío Pablo», sentí como si un cubito de hielo se me deshiciera en los pulmones porque ahí supe que el mejor padre de mis hijos no era yo. Tampoco el mejor marido para mi mujer. La vergüenza, esa vergüenza que me acompaña desde hace años, me impedía tocarte como había soñado mil veces. Y otra vez notaba que te dabas cuenta de que no era lo que pensabas. Aún no entiendo cómo conseguí engañarte la primera vez.

En cierta ocasión pensé en contarte todo esto y no volver nunca a Argentina. Me arrepiento tanto de no haberlo hecho. Quizá lo habrías entendido y me habrías curado, como te he visto hacer tantas veces con ese poder de *mei-*

ga que siempre has tenido para hacer que el que se siente mal, se sienta bien. Pero me faltó valor también para eso.

Estoy enfermo. El diagnóstico —fue tu olor lo primero que me vino a la cabeza cuando me dieron los resultados— cambió muchas cosas. Y desde entonces no puedo mentir. Es como si las células autodestructivas liberaran una especie de suero de la verdad. Tienes razón si piensas que he tenido aventuras. Te equivocas si crees que hubo en mi vida alguna mujer más importante que tú.

No quiero morirme aquí y te pido permiso para volver a casa. No me despedí de mi padre y me gustaría decirte adiós, pero entenderé perfectamente si dices que no. Sé que no tengo derecho a poner tu vida patas arriba por el poco tiempo que me quede a mí. Te mando, con esta carta, el número de cuenta donde guardo el único dinero que tengo, el que reservé para el último viaje a casa. No sabes lo que me duele no poder dejaros nada más que eso y un mal recuerdo.

No me atrevo a pedirte que me perdones. Solo verte una última vez.

Te quiero,

MANUEL

El cartero llamó a casa a mediodía. «Tienes carta de Argentina, Lola». Una punzada le recorrió el cuerpo de la cabeza a los pies, como si la acabara de atravesar un rayo invisible. Subió al dormitorio. La leyó tres veces seguidas. La primera llorando, luego ya no. Y entonces llamaron otra vez a la puerta. Pablo traía una bolsa y una sonrisa de oreja a oreja.

—Voy a enseñarte a hacer una buena empanada —le dijo, y entró en la cocina tan emocionado que ni la miró.

Ella le extendió la carta y él supo enseguida que era del fantasma.

Estuvieron un rato en silencio.

—¿Qué vas a hacer?

—No lo sé.

—¿No lo sabes? No le debes nada a ese cobarde.

Lola le hizo una caricia. Pablo apartó la mano.

—Vas a dejar que vuelva. Eres otra cobarde. No te atreves a ser feliz y esta es la última oportunidad. Yo he estado siempre aquí, esperando. Sabes que el detective lo localizó y él ni siquiera fue capaz de venir a enterrar a su propio padre. No le debemos nada. No le debes nada.

Lola aún no lo sabía, pero Pablo, que la conocía tan bien, supo, en cuanto leyó la carta de su hermano, que iba a volver a esa casa. Se enfadó con él, con ese último gesto de egoísmo. La rabia lo llevó al bar. «¡A modiño!», le dijo Pepe cuando pidió la quinta copa de coñac. Tuvieron que llevarlo a casa entre dos vecinos. Lola le quitó los zapatos, lo tapó con una manta. Dedicó el resto de la noche a pensar si podría ser feliz con él si no respondía a Manuel.

Por la mañana, muy temprano, envió un telegrama de dos palabras: «Puedes venir».

Pablo dijo que no quería estar en casa cuando él llegara.

—Voy a pasar unos días con Manoliño.

Lola trató de convencerlo.

—¿No vas a despedirte de tu hermano? Si no lo haces, te arrepentirás siempre.

Él le dio un beso en la mejilla y se fue pensando que aquella sería la última vez.

Veinticinco años y dos semanas después, Manuel volvió a Milagros.

PARTE III

MANUEL

Manuel no sabía estar solo. Hasta que llegó a Argentina, con veinticuatro años, nunca lo estuvo. Antes de subirse a aquel barco tampoco sabía lo que era el miedo. En el puerto le había sobrecogido el tamaño del Juan de Garay, más alto que todos los árboles que había visto — «Si lo llevan a Milagros, sepulta toda la aldea. ¡Ahí cabe Galicia *enteira!*» —, y jamás se había sentido tan pequeño como cuando subió la escalerilla y pensó que caminaba por la lengua de un gigante a punto de engullirlo. Ya en mar abierto, sin embargo, el barco le pareció una caja diminuta repleta de mercancías frágiles sin ninguna oportunidad en caso de que el envoltorio se rompiera, y en plena tormenta, con el estómago vacío y un sudor helado, como el agua bajo sus pies, pensó en la temeridad de aquella nave arrogante que pretendía domar el viento y las olas con una estructura construida por la especie más débil de todas, ellos mismos. «De esta no salimos», repetía un hombre agarrado a su pierna. Manuel pensaba en Lola —«Me acabo de dar cuenta de que no sabes nadar»— y en que, efectivamente, de esa no salían, pero lo que dijo fue: «Claro que sí, hombre. Piense cuántas veces no habrá pasado este barco por aquí y cuántas más va a pasar después de dejarnos sanos y salvos en tierra».

No era especialmente valiente, pero a la tercera tormenta ya fue capaz de fijarse en cosas distintas a su propio miedo, como la belleza del peligro. Se concentró en aquellas olas gigantes que se acercaban, tan altas como el propio barco, y en los rayos que caían a lo lejos, fuego que salía de las nubes y se estrellaba contra el océano. Le recordó a otro espectáculo igual de hermoso, un incendio cerca de Milagros, pero en aquella ocasión no eran meros espectadores, podían y debían intervenir para cambiar el curso de los acontecimientos. Ahora era distinto. Lo decía el olor, tan intenso, del mar revolviéndose, pretendiendo deshacerse de ellos con la misma facilidad que uno aparta una mariquita que trepa por el brazo utilizando la uña a modo de catapulta. Allí eran insectos. Tan insignificantes y frágiles como ellos, pero tan tenaces como esa mosca que vuelve, una y otra vez, al lugar y al responsable del penúltimo manotazo.

Una mañana le despertaron los gritos: «¡Tierra!». Empezó a pensar cómo iba a explicarle a Lola aquel momento. La sensación era similar a la de las romerías, cuando recorrían la aldea en ataúd para celebrar que no estaban muertos. En el instante en que vio la costa recuperó todas las necesidades que el cuerpo había aplazado, concentrado en sobrevivir. Tenía sed, hambre, sueño y unas ganas terribles de ver a su mujer.

Una vez en el puerto, cayó al suelo redondo, mareado como una peonza. «Es el mal del mar. Durará unos días», dijo alguien. Estaba por fin en tierra firme, pero todo le daba vueltas. El oído y la vista se habían desentendido el uno del otro, y cerrar los ojos, que fue lo primero que se le ocurrió, era todavía peor. El hombre que se había agarrado a su pierna, Federico, lo levantó y lo llevó agarrado hasta una cola larguísima. Manuel se giró, miró por última vez el Juan de Garay, que volvía a ser un gigante, y vio la lengua recogerse tras descender por ella los últimos pasajeros.

Mientras esperaban para entrar en el edificio donde debían pasar un reconocimiento médico, les dieron un café y un bocadillo que le supo a gloria. Cuando por fin entraron, varias horas después, Manuel sacó del bolsillo interior que Lola le había cosido al jersey los documentos necesarios y empezó a responder preguntas. En una ficha a miles de kilómetros de Milagros, junto a su nombre, edad, el inventario de lo poco que llevaba y su profesión y habilidades: «Granja. Sabe leer», quedaron escritas las primeras líneas de su nueva vida, lejos de todo lo que conocía y a lo que entonces pretendía volver.

En el puerto les recomendaron que antes de nada se dirigiesen al Centro Gallego. No llegaron a hablarlo, pero Federico y Manuel ya habían decidido dar juntos los primeros pasos por el nuevo continente. Cuando llegaron, vieron una pancarta vieja, como raída por las esquinas, con un fondo amarillo que seguramente fue blanco muchos barcos atrás. Decía: BENVIDOS. No eran los primeros, ni serían los últimos en un lugar donde a los españoles los llamaban, simplemente, «gallegos». En el centro les dieron más café y más direcciones. La última era la de una pensión que hacía precio a los recién llegados. Antes de despedirlos, les advirtieron de los sitios a los que no había que ir y de las estafas en las que no había que picar. También les dijeron el nombre de las personas a las que debían acudir si se saltaban las dos recomendaciones anteriores.

Federico y Manuel compartieron habitación en la pensión durante unos meses. Al principio, Manuel iba directo del puerto, donde tuvo su primer trabajo, a la habitación y de vuelta al puerto para ahorrar lo más posible. Federico salía, hacía amigos, regresaba lleno de historias de otros, chistes que había oído, platos nuevos que había comido, gente a la que había que conocer. «Tienes que venirte. Tu vida no puede ser solo trabajar o te volverás loco». Cuando por fin lo acompañó, sobre todo para no tener que escuchar luego el relato de todo lo que se había perdido, Manuel se dio cuenta de que le costaba muchísimo incorporarse a todas aquellas conversaciones, que ya parecían las de amigos de toda la vida, aunque los interlocutores prácticamente acababan de conocerse. Ya se habían puesto motes; ya conocían los nombres de los familiares; ya tenían bromas propias y antiguas. Cada vez que uno pedía «otra ronda», Manuel lo restaba mentalmente del dinero que podría enviar ese mes a casa y se sentía culpable. Era incapaz de relajarse y disfrutar. No entendía, tampoco, cómo Federico se había adaptado tan rápido a todo y a todos. Él no quería hacerlo, como ocurre a veces tras una ruptura, cuando los amigos insisten en eso de que hay muchos peces en el mar y uno solo quiere encerrarse con su pecera vacía a escuchar las canciones que hablan de su estado de ánimo y le recuerdan a la persona que ya no está.

Federico se adaptó tan bien que pronto reprodujo en Buenos Aires la vida que tenía en Galicia: otro trabajo, otras aficiones y otra mujer. Cuando empezó a tontear con Lucía, Manuel le preguntó un día:

—¿Qué estás haciendo?

—Vivir, Manuel, y tú también deberías.

Lucía era ruidosa, descarada y divertida. Se había convertido en una presencia habitual. Federico convencía a Manuel para salir por ahí, le prometía una comida «riquísima», una partida de cartas, una buena conversación, «de hombre a hombre, de gallego a gallego», pero de repente llegaba ella y Manuel ya no existía. Cuando Federico se daba cuenta de que su amigo llevaba callado una eternidad, animaba a Lucía a traer a alguna amiga. «Cuando quiera Manuel. Candidatas no le van a faltar a este bombón». Federico hacía entonces que se ponía celoso y volvían a enredarse en esos diálogos de cortejo, a menudo ridículos para el visitante, cuando dos personas se esfuerzan demasiado para parecer más interesantes de lo que en realidad son. Manuel no conocía a la familia de Federico, pero se sentía culpable solo por estar allí, como espectador del ritual de apareamiento. Aquello enrareció la relación entre ambos. Cuando le dijo que dejaba la pensión para irse a casa de Lucía, llevaban semanas prácticamente sin hablarse.

Pese a que su relación no era buena, a Manuel le afectó mucho la marcha de Federico. Empezó a beber, a desordenarse, y a hacer casi todo lo que le repugnaba de la nueva vida de su antiguo compañero de cuarto. Varias veces, de hecho, se despertó en casa de Lucía. En alguna ocasión le llevó el propio Federico después de encontrárselo tirado en algún banco, borracho, o saliendo a patadas de un local que cerraba. La última vez lo dejaron unos amigos de Federico en el portal. Llamaron al timbre y avisaron de que le dejaban «un paquete de Galicia». Según bajaba las escaleras, ya sabía lo que le esperaba: «Pero ¿otra vez, Manoliño? Qué vou facer contigo?».

Empezó a beber por algo parecido al aburrimiento, ese mal que padece la gente que no sabe estar sola. Como los primeros meses solo se había dedicado a trabajar para ahorrar y enviar dinero a Milagros, no tenía amigos. De repente, un día, le pareció que el barco había escupido a toda aquella gente solo para que volvieran a juntarse en tierra, como en un juego, en grupos de cinco o diez personas. Los veía en el puerto, en los bares, en las calles... comportándose como amigos de toda la vida, incluso como pequeñas familias, y un mes de noviembre, cuando allí apretaba el calor y en Milagros el frío hacía temblar los huesos, le pareció imposible alcanzarlos. No tenía ganas de ser simpático, le faltaba la energía necesaria para hacer preguntas, responderlas, reír chistes o contarlos. Sí, empezó a beber por aburrimiento y siguió bebiendo y bebiendo porque era la única forma de no sentir envidia, nostalgia, culpa o arrepentimiento.

El alcohol se había vuelto un jarabe, una pócima mágica, aunque cada vez necesitara mayores dosis para lograr el mismo efecto. Federico y Lucía hicieron varios intentos, convencidos, al principio, de que lograrían que vivir volviera a dolerle y a gustarle. Pronto se dieron cuenta de que es inútil pellizcar una piedra.

Cualquiera de las noches que se acostó borracho podría haber decidido que era la última y despertarse a la mañana siguiente en la vida de antes, dentro de la persona que fue. Pero no lo hizo. Para poder beber más, empezó a comer menos. La única misión del jornal en el puerto era alcanzar el precio de las botellas necesarias para que los días fueran menos largos. En la calle notaba que las mujeres cambiaban de acera al verlo, y en el bar, que algunos hombres lo miraban con lástima. Sintió esa punzada propia de la humillación, pero comprobó que el jarabe también era capaz de eliminarla. Así fue perdiendo o deshaciéndose de esas cualidades que distinguen al hombre del resto de criaturas sobre la tierra: desaparecieron el pudor y la vergüenza; la memoria y los afectos. No pensaba en otra cosa que en beber. No hacía más ejercicio que el de emborracharse, con disciplina y método. No hablaba con nadie más que con los camareros a los que pedía «otra» y «otra» y «otra». Pasó días enteros sin pronunciar una sola palabra, porque incluso para pedir bastaba muchas veces con un gesto.

Durante un tiempo fue consciente de que se le había pasado el día y la hora de llamar a Milagros y, antes de abrir otra botella o bajar otra vez al bar, todavía sentía un pellizco de culpa al imaginar a su bellísima mujer esperando a que sonara el teléfono. La veía entrar con la ropa que él le conocía, no aquellas prendas de luto que le había entregado su madre; la oía saludar a todos y pedir un café para hacer tiempo. Y la veía marchar, más triste, más vieja, cuando comprendía que, una vez más, no hablaría con su marido. Veía también a Julián enfadarse con él, y escuchaba a Pepe y a quien anduviera por allí murmurar: «Qué mala sorte tivo esta rapaza», o algo parecido, después de verla salir y quizá de invitarla al café. La oía a ella: «Insisto, Pepe, que a ninguén lle sobran os cartos». Pero eso fue solo al principio. Luego las noches fueron confundiéndose con los días, los meses solapándose, las estaciones mezclándose unas con otras. Ya no bebía por aburrimiento. Bebía para no recordar que tampoco ese día había llamado a Lola.

Cada vez necesitaba mayor cantidad del jarabe, y por tanto más dinero. Llevaba meses sin enviar una sola peseta a España cuando empezó a jugar.

Adelgazó mucho y muy rápido, pero partía de un físico tan privilegiado que incluso en el abandono más absoluto seguía siendo guapo. Sobre las nuevas ojeras permanecían sus enormes ojos azules, y si sonreía a una camarera para que le invitara a «la última» allí aparecían los dos hoyitos. La autodestrucción tiene, además, algo atractivo, romántico. Se le acercaban esas mujeres con síndrome de enfermera que van buscando pacientes a los que curar para satisfacer su propio ego, ese ego patológico que solo sacian las almas restauradas. No pretendían que Manuel las quisiera, sino que las necesitara. No buscaban que se enamorara de ellas, sino que les debiera todo: todos los minutos que durara su bienestar. Si estaban allí, si se aplicaban con aquel hombre que a otras les hacía cambiar de acera, era simplemente porque habían logrado el éxito en misiones anteriores, porque podían recitar a las amigas los nombres de sus trofeos: Miguel, Arturo, Ángel... Manuel se dejó querer, se dejó llevar y hacer, pero no permitió que lo curaran. Todas sus enfermeras terminaron desistiendo.

Hubo alguien que sí se acercó más. Fue poco después de que Federico abandonara la pensión, cuando Manuel aún bebía solo por aburrimiento y cuando todavía no se gastaba el dinero del bocadillo en otra botella. Su habitación estaba en el último piso. Un día oyó ruidos, pero no supo identificar si eran de la planta de abajo o si alguien había ocupado por fin el cuarto de al lado. Le inquietaba estar solo, pensar en todo ese espacio vacío junto a su dormitorio. Otro día oyó un violín. La música no salía de la radio porque quien lo tocaba se detenía, insatisfecho, y retomaba desde el principio, una y otra vez.

Aquella noche soñó con el violín y se inventó a su dueña: una rubia con cara de ángel, ojos grandes, sonrisa perfecta, que cerraba los ojos al tocar.

El violín sonaba siempre a las mismas horas y él empezó a apuntarlas en un cuaderno. Pronto anotó también los horarios de los demás ruidos: la ducha, «7.30»; las tazas del café, «7.45»; la música mientras se vestía, «8.00»; la puerta al salir, «8.30». Voló hasta la mirilla y vio alejarse una sombra amarilla. Su nueva vecina era, efectivamente, rubia.

Por la noche, en la cama, cerró el libro de golpe al darse cuenta de que llevaba diez minutos en la misma página y se concentró en los ruidos. Por fin ella entró en la habitación y Manuel pegó la oreja a la pared. La escuchó lanzar los zapatos, abrir un cajón. Hubo luego un silencio, que fue lo que más le gustó porque interpretó que era el momento en que ella se desnudaba para ponerse el pijama. Calculó la distancia que habría entre el cabecero de su cama y el de la suya, no sería más de un metro. A esa distancia casi podía tocarla y se imaginó extendiendo el brazo para acariciarle el pelo. No quería que se durmiera antes que él. Al final se armó de valor y dio unos golpes en la pared. Esperó. Nada. Repitió la operación, ahora con cinco toques, casi una canción. A la tercera, ella respondió con otros cinco. Se tiraron así un buen rato. Él escuchó su risa por primera vez. Le encantó.

Al día siguiente, en la ducha, se sorprendió tarareando la canción que su misteriosa vecina tocaba una y otra vez. Después de oír la puerta y verla correr por las escaleras, cogió un papel y un bolígrafo y escribió una nota. Salió al rellano envuelto en una toalla y la deslizó por debajo de su puerta.

Esta noche, mismo sitio, a la misma hora. Te espero.

Firmado: el cuarto izquierda.

La jornada en el trabajo se le hizo eterna. Al final tuvo que inventarse una excusa, toser un poco y decir: «Debo de estar incubando la gripe». Rápidamente se abrió el típico debate sobre los mejores remedios. Alguien dijo que mucha gente había caído. «¡Es casi una epidemia!». Manuel pensó en cuánto les gustaba a algunos hablar de enfermedades. Se alegró de que su disculpa hubiera tenido tanto éxito. Hasta le dejaron salir un poco antes.

Le pareció que el autobús iba más lento que nunca. Miró con condescendencia a sus compañeros de trayecto, que iban a terminar su jornada sin que les hubiese pasado nada emocionante. A los que llevaban la alianza de casado los imaginó haciendo tiempo en el trabajo para llegar cuando los niños ya estuvieran bañados y cenados. A los que no la llevaban, los visualizó cenando uno de esos platos que se comen en el mismo envase y que él no había visto antes de llegar a Argentina.

Cuando entró en la pensión, comprobó que su vecina no había puesto su nombre en el buzón todavía. Dentro asomaban unas cartas y eso lo desanimó. Significaba que ella aún no había llegado. Aun así subió los peldaños de dos en dos.

Se detuvo unos minutos en el rellano, esperando alguna señal. Pero no se oía nada, ni había luz. Imaginó su nota aún allí, detrás de la puerta, a la altura del primer paso, y le dieron ganas de recuperarla. Quizá se había precipitado. ¿Y si la asustaba?

Para no hacer ruidos y perderse los de su vecina, no cenó. Tampoco encendió las luces. Se sentó a oscuras y esperó. Oyó llorar a un bebé, ladrar a un perro… pero todos los sonidos llegaban de otros pisos, eran interferencias entre su violinista y él. Miró el reloj. «Ya debería estar en casa. ¿Habrá salido por ahí?».

A la una y media se rindió y se metió en la cama, pero no conseguía dormir. «Estará en casa de su novio. Pues claro. ¿Cómo no va a tener novio esta criatura? Será el contrabajo o el pianista, o el director de orquesta. Esta gente ensaya muchas horas y el roce, la pasión compartida…». Odió su trabajo, tan poco romántico.

Entonces oyó la puerta. ¡Por fin! La buscó por la mirilla pero no llegó a tiempo, ya había entrado. Ahora tendría su nota en la mano. Imaginó que ella sonreía al leerla y corrió a la pared que compartían. Toc, toc, toc, toc. Nada. «Estará lavándose los dientes, quitándose el maquillaje».

Le dio unos minutos más. Toc, toc, toc. Y ella respondió. Se sintió el hombre más feliz del mundo. Se rio e hizo que ella se riera. Después durmió del tirón.

Cuando se despertó, descubrió una nota de ella junto a la puerta:

> Hola, cuarto izquierda. Cuéntame algo de ti.
> Firmado: el cuarto derecha.

Dedicó todo el día a escribir la «respuesta perfecta». Gastó casi un cuaderno entero ensayando. Las primeras pruebas eran demasiado anodinas: su nombre, su edad, su trabajo... Lo intentó con una descripción física, pero tampoco le convencía. Prefería que ella siguiera imaginando cómo era. Al final solo puso:

> Soy gallego. Crucé el océano sin saber nadar.

A las nueve de la noche sonó el timbre.

—Nunca he estado en Galicia. ¿Cómo es?

—Verde, azul, *fermosísima*. El premio por llegar al fin del mundo.

Estuvieron charlando y bebiendo vino hasta las cuatro de la mañana. Cada uno durmió en su cama. Se despidieron como siempre, con un toc toc toc y risas.

Pasaron las siguientes noches hablando sin parar, a veces en el cuarto izquierda, a veces en el cuarto derecha. Se llamaba Ingrid y era alemana. Rubia, ojos azules, piernas largas. Su madre era argentina y su padre alemán. Cuando él murió, ella volvió a Buenos Aires. Manuel no se atrevió a hacer la pregunta, pero ella nunca mencionó a nadie. Quizá había tenido suerte y no había otro. Solo él.

El deseo de tenerla pronto lo invadió, hasta el punto de que a veces le costaba seguir el hilo de la conversación porque se perdía recorriendo sus piernas con la mirada, imaginando que desabrochaba un botón... Ella nunca hizo un gesto que le invitara a hacerlo y Manuel no se atrevió a tocarla.

Ingrid le habló de su familia y de Alemania. De Cougar, el perro más listo del mundo. Del frío. De sus mejores amigas. De la pieza que ensayaba y se le estaba resistiendo. De la herida que le había hecho el violín en el mentón y lo que le dolía. Nunca habló de otro, nunca dijo «mi novio». Por eso, la noche que escuchó una voz de hombre junto a la suya sintió el pinchazo de la traición. Él tampoco le había hablado de Lola y de lo que había dejado atrás. Hacía semanas que había guardado su foto en un cajón porque sentía una vergüenza profunda cada vez que la veía, como esas pesadillas en las que uno se queda desnudo delante de un montón de gente. La foto le hacía preguntas: «¿Cuántos vinos has tomado hoy? ¿Cuándo vas a escribirnos? ¿Cuándo crees que volverás? Dijimos tres años y ya va para cinco...».

La voz de hombre la hizo reír, la hizo gemir, y Manuel, a un metro de distancia, quiso morirse en ese momento solo para que ella se sintiera culpable el resto de su vida. Se la imaginó llamando a su puerta una y otra vez. Al cabo de unos días, alarmada, avisaría a la policía. Los agentes le comunicarían la noticia: «Está muerto», y ella se tiraría al suelo llorando desconsoladamente.

A la mañana siguiente llamó al trabajo y dijo que tenía varicela. Le recetaron por teléfono unos cuantos remedios y le prohibieron volver hasta que no estuviera recuperado del todo. «Estas cosas se contagian enseguida», dijeron.

La voz de hombre se fue a las nueve de la mañana. Ingrid siguió durmiendo. Manuel no podía.

A las seis de la tarde escuchó que salía y luego vio volar una nota por debajo de su puerta.

¿Vienes esta noche?

La odió con todas sus fuerzas, por supuesto que no iría.

A las once salió al rellano, desesperado. Decidió llamar a su puerta, pero solo para decirle lo mala persona que era. Le diría que nunca le habían faltado al respeto de esa manera y le recordaría todas las oportunidades que había tenido para hablarle de su novio. Pero cuando ella abrió, la empujó hasta la pared, le dio una patada a la puerta, la besó, la desnudó y la exprimió hasta que consiguió todos los sonidos que quería. Tenían que ser más altos, mucho más altos que la noche anterior. Tenían que borrar la otra noche y a la voz de hombre.

No salieron de su habitación en tres días. Tampoco, prácticamente, de la cama, salvo algunas excursiones obligadas al baño o a la cocinita. Ingrid no mencionó la voz de hombre y Manuel pensó que ese asunto había quedado debidamente zanjado. Pero no lo estaba. Enfermó de celos. Ingrid era lo primero que se le resistía.

En Milagros nadie lo había percibido porque no se daba la ocasión para que afloraran determinadas taras, esas debilidades humanas que nos hacen un poco peores de lo que creemos. La serenidad nace y crece en las rutinas, y las de esta aldea dejaban poco espacio para nada más. Pero en otro país, en una ciudad grande, afloró un carácter distinto, el verdadero, quizá. En Milagros estuvo muy arropado. Era un lugar pequeño, casi del perímetro de un abrazo grande, y Manuel había disfrutado de la veneración de su madre, la admiración de sus vecinos, el éxito con las chicas. En Argentina, por primera vez, fue uno más. Cuando se descubrió en cenas donde no era el protagonista o relacionándose con gente a la que solo le importaba que ejecutase determinada tarea, apareció el orgullo. Y no ese orgullo sano, el amor propio, el de las convicciones y los ideales más profundos e íntimos, sino el que tiene que ver con los demás. A todos nos gusta gustar, pero Manuel lo necesitaba. Era algo patológico, una obsesión.

Como todos los orgullos desmedidos, el suyo nació de la inseguridad. A Pablo, que siendo el mayor se acostumbró enseguida a la segunda fila, le sorprendería saber que Manuel siempre le había envidiado, y eso le había llenado de complejos. Lo veía tan listo que se sentía tonto a su lado, y cuando hablaban, a menudo dejaba sin decir muchas cosas que se le ocurrían por temor a que él se diera cuenta de que efectivamente lo era. Eso cuando estaban solos, porque si había algún testigo, si la conversación se producía entre un grupo de gente, Manuel nunca intervenía, salvo para cambiar de tema o hacer alguna broma para llevarse a los interlocutores a un terreno más cómodo. Daba igual de lo que hablasen: política, cosechas, maquinaria, deportes…, se había convencido de que jamás aportaría algo mejor que lo que pudiera decir Pablo. Tuvo suerte, pensaba, porque nadie advirtió nunca esa estrategia suya. Era divertido y guapo, una presencia agradable a la que no se exigía más.

En su última visita a Milagros, cuando Celia tenía cuatro años, todos esos complejos se dispararon. La vida sin él le pareció mucho mejor porque era la vida con Pablo. Los niños le adoraban. Con Lola parecía tener una complicidad enorme, la que ellos ya no tenían, y lo que a su marcha estaba roto, en la casa, en la aldea… ahora lucía arreglado. Superada la fiesta de la bienvenida, los brindis y los abrazos, Manuel se sentía un estorbo, una versión peor de lo que ya tenían.

Hasta aquella visita, Pepe nunca le había visto borracho. El alcohol aumentaba la rabia y la rabia le permitía culpar brevemente a los demás, a Lola, a Pablo, incluso a los niños… Cuando empezaba la resaca, sin embargo, pensaba que el único culpable era él y que todas las personas a las que quería sencillamente se habían dado cuenta de que no era lo que aparentaba, lo que prometía.

Cuando Manuel ya no se tenía en pie, Pepe envió a alguien a buscar a su hermano para que fuera a recogerlo. Pablo llegó muy enfadado y se lo llevó al río. Lo tiró al agua de una patada y le riñó como a un niño.

—¿Qué te pasa, Manuel? ¿Qué cojones estás haciendo? ¿Por qué te metes en el bar a beber en lugar de aprovechar cada minuto con Lola, Celia y Manoliño?

A Manuel le habría gustado explicárselo, pero no encontró las palabras y se puso a llorar. Pablo lo sacó del agua y le dio un abrazo largo. Luego le puso su chaqueta por encima de los hombros y le dijo, guiñándole un ojo:

—Esto no termina aquí. Cuando se te pase la que llevas encima vamos a hablar tú y yo de hombre a hombre.

No lo hicieron. Manuel trató de disimular los días siguientes, pero no logró sentirse a gusto entre sus cosas, su familia, su gente. Para cuando llegó el momento de volver, ese pensamiento lo había ocupado todo. La visita había sido un desastre y lo que había ido mal parecía irreversible. En los ojos de Lola, de Pablo, de sus propios hijos... creía ver cierto alivio en la despedida, como si por fin todo volviese a su sitio. Aquella fue la primera vez que pensó en no volver.

Después del puerto, trabajó un tiempo en la cafetería de Miguelón, un vigués amigo de Federico. Se llamaba Airiños y estaba muy cerca del Centro Gallego. Miguelón y Ana, su mujer, llevaban diez años en Argentina. Primero llegó él, y quince meses después, ella. «Los quince meses más largos de mi vida, *meu rei*. No sé cómo aguantas sin tu Lola, pero seguro que pronto podrá venir o volver tú. ¡Este país ya es nuestro!», le dijo la tarde que quedaron para firmar el contrato.

Airiños siempre estaba lleno de gallegos. El reclamo principal era la torta de maíz de Ana, que retorcía la masa por las noches con unos brazos que parecían las aspas de un molino. «Los mejores abrazos de mi vida», presumía Miguelón. Casi nunca salía de la cocina, pero desde la barra se la oía cantar. Manuel nunca la escuchó quejarse. Cuando alguien le preguntaba si no estaba cansada, ella repetía: «No puedo parar. Tengo una misión importantísima: que los gallegos no olviden a qué sabe Galicia».

Ana pronto se dio cuenta de que algo no iba bien. Cuando Manuel llegó, a ella le extrañó que no llevara en la cartera una foto de su familia. «Mañana me la traes. Quiero saber de quién eres». Manuel utilizó varias veces el teléfono del Airiños para llamar a Lola, cuando ya habían cerrado, fregado y recogido las sillas. Ana y Miguelón le guiñaban un ojo al pasar por delante, imaginando una conversación muy diferente a la que estaba teniendo lugar. Luego Manuel dejó de utilizar el teléfono. «¿Os enfadasteis?», le preguntaba Ana. Y Manuel se encogía de hombros.

En Airiños siempre pasaba algo porque estaba lleno de emigrantes a los que les ocurrían muchas cosas y todos iban a compartirlas allí. Un día que Manuel volvía de hacer unos recados, escuchó las carcajadas desde la calle. Al entrar en la cafetería se encontró un remolino de gente en la mesa de las amigas de Ana, las Pilis —se las llamaba así porque había tres María del Pilar en un grupo de seis mujeres—. Al acercarse más, descubrió el motivo del jaleo: el clan tenía un nuevo miembro, un bebé.

—¡Manuel! ¡Pregúntale cómo se llama la criatura!

Manuel obedeció. Cualquier otra cosa habría sido una temeridad.

—¿Cómo se llama?

—¡Morriña! ¡Se llama Morriña!

Manuel sonrió, pero en la mesa, donde había una botella ya vacía de licor café, no se quedaron satisfechas.

—¡Morriña, Manuel! ¡Que le ha puesto Morriña! ¿Qué te parece?

Manuel pensó que Morriña iba a tener que ser muy muy guapa para conseguir superar aquel nombre, para que a nadie le importara cómo se llamaba. Pero lo que dijo fue: «Muy apropiado», y se fue.

—Ay que ver qué raro es este rapaz —dijo alguien.

En aquel bullicio constante y casi siempre alegre, Manuel llamaba mucho la atención. Hablaba lo justo y necesario para hacer su trabajo y era incapaz de mostrar entusiasmo cuando alguien lo esperaba, por ejemplo, cuando Miguelón le anunciaba ilusionadísimo que el viernes habría un recital de poesía o que el sábado iba a actuar una chica «que canta como los ángeles». Lo intentaba, pero no le salía, y eso hacía que cuando la animada clientela dejaba de contarse sus cosas, se pusiera a hablar del «extraño», «llamativo» o «sospechoso» comportamiento del «raro», «tieso» o «soso» de Manuel.

Por eso, cuando le cambió el humor, cuando de repente Manuel empezó a mostrarse simpático, a flirtear con las clientas, a hacer reír a todo el mundo… todos se sorprendieron y Ana se alarmó. No le había cambiado el carácter: estaba borracho. Y eso podía suceder a las siete de la tarde y a las once de la mañana. Uno de esos días aparecieron por el bar Federico y Lucía. Era evidente que a su amigo le iba muy bien y eso, a alguien borracho y herido como Manuel, le sentó como un tiro.

—¿Qué va a tomar el señorito?

—¡Manuel! Qué alegría verte. Ya me dijeron que andabas por aquí. Mucho mejor el Airiños que el puerto. ¿Y qué es eso de señorito? No necesitamos esas formalidades. ¿Te tomas algo con nosotros o te esperamos luego?

Ese «nosotros» le irritó porque no se refería a Federico y a él, sino a Federico y Lucía.

—Nooo. A nosotros nos toca servir.

Federico se dio cuenta entonces de que Manuel estaba borracho y sintió una pena infinita. También algo de culpa.

—Dos cervezas, por favor.

La desaparición de Manuel no se había producido de un día para otro. Primero dejó de volver en verano, luego dejó de escribir y de llamar. Durante un tiempo esa ausencia podía tener explicación, pero cuando el tiempo transcurrido evidenció que era algo más que pereza o despiste, solo había dos hipótesis posibles: o no quería o no podía volver. O no quería o no podía comunicarse. Manoliño pensó muchas veces en cuál de esas teorías prefería. A veces creía que era mejor que hubiese muerto porque eso significaba que no les había abandonado, que no había construido una familia y una vida paralelas, tan lejos de ellos como pudo. En cambio, otras veces creía que era mejor que estuviese vivo, porque solo así podría averiguar algún día lo que había pasado. Desde la adolescencia, mantuvo muchas conversaciones imaginarias con su padre. Se repetía cada una de las cosas que le diría él y todas sus posibles respuestas. Fue una especie de ensayo, un ejercicio que practicó casi de forma inconsciente, a diario, durante años, para estar muy sereno el día que tuviera delante al hombre que había torcido sus vidas para siempre. Sobre todo, no quería que él pensase, en ningún momento, que era tan importante para ellos. Deseaba que se sintiera insignificante, diminuto. Porque lo único que le daba más vergüenza que haber sido abandonado era que el responsable se enterara de cuántas horas y llantos le había dedicado, cuánto había sufrido intentando entenderlo. Eso nadie lo sabía. Ni siquiera su madre. Era la primera a la que se lo había ocultado, con todo el esfuerzo, agotador, que eso suponía entre aquellas cuatro paredes habitadas, desde que él tenía edad para recordar, por una familia y un fantasma.

Cuando Julián le hizo saber por carta que Manoliño tenía la intención de ir a Argentina a buscarlo, Manuel se sonrió. La alegría duró solo unos segundos, los que su cabeza tardó en darse cuenta de que el suyo no sería un reencuentro normal, de esos que tienen los padres y los hijos cuando uno vuelve de un viaje o el otro de estudiar. Inmediatamente apareció la vergüenza al imaginarse todo lo que Manoliño pensaría de él, lo que él pensaría de sí mismo si estuviese en su lugar. «¿Qué vale un hombre que huye, que abandona a su mujer y a sus hijos, que calla cobardemente durante años, que no va al funeral de su propio padre? Nada». Casi a la vez sintió mucha curiosidad. «¿Cómo será? ¿Se parecerá a mí?». La última vez que lo vio era un niño y en Milagros todos decían que era una réplica de cuando él era pequeño. Recordaba que era listo y valiente. Ese tipo de cosas se veían muy pronto, en las preguntas que hacía, en la forma de moverse y dirigirse a los demás. Desde luego había que tener coraje para plantarse allí, solo, con la intención de pedir explicaciones a un desconocido. Porque eso es lo que era, pensó. Un padre es otra cosa. Un padre es alguien que riñe y juega con sus hijos. Que paga facturas, que los acompaña aquí y allá, que les enseña esas lecciones importantes que no pueden aprenderse en los libros. Un padre es alguien a imitar, y por encima de todo, si es que llegaba a verlo, Manuel deseaba que su hijo no se pareciera en nada a él.

RECUÉRDAME POR QUÉ TE QUIERO

Su hijo tenía que ser noble y honesto. Su hijo tenía que ser leal y trabajador. Su hijo tenía que ser inteligente, interesante. Tenía que ser como Pablo.

Esa noche no durmió. Se preguntó para qué quería verlo su hijo y deseó egoístamente que lo hubiese enviado Lola. Pero Manoliño ni siquiera se lo había contado a su madre. Había ahorrado durante dos años. Tenía dieciocho cuando cruzó el mundo solo para hacer una pregunta.

Manoliño tardó varios días en abordarlo. En la casa de las cartas devueltas, Noberto, aquel hombre de la letra bonita, le explicó que en realidad no había coincidido con Manuel, pero que al preguntar a los otros vecinos por él después de ver que llegaban tantas cartas, le contaron que «el gallego» daba muchos problemas porque a menudo volvía a casa borracho a las tantas, haciendo ruido, y que más de una vez oyeron golpes y luego a gente extraña salir de su puerta, probablemente después de haberle dado una paliza por alguna deuda. También le dijo que, según le contaron, a Rosaura, la camarera del bar de la esquina, le había gustado, o le había dado pena, y que algunas noches era ella la que lo traía hasta casa porque él apenas se tenía en pie. Norberto pidió perdón por no haber incluido «esa información» en el sobre que les envió. Y también por haber leído una de las cartas de Lola Sanfíns. Explicó que, en su momento, consideró que no era oportuno y que por aquello incluso había discutido con su mujer, partidaria de deslizar en aquella nota escueta donde explicaba que Manuel Barreiro ya no vivía allí, algún dato más que permitiera a los suyos intuir lo que había pasado para que llorasen lo que tuvieran que llorar y luego pudieran seguir a lo suyo. Pero que él decidió que lo mejor era simplemente informar de que no tenía sentido que continuaran enviando cartas a aquella dirección porque la persona a la que iban dirigidas ya no podía leerlas. Después de todo, de Manuel Barreiro él solo conocía lo que le habían contado. «Y ya sabes que la gente a veces exagera».

Manoliño le dio las gracias y le invitó a comer, deseando que Norberto no aceptara porque tenía el dinero contado para esos días. Norberto, porque lo intuyó o porque le incomodaba un poco aquel asunto, declinó la propuesta. Y Manoliño se fue al Denver, que era el bar donde trabajaba Rosaura, para ver si ella tenía algún dato más sobre el fantasma.

Rosaura era morena, muy guapa, venezolana. Cuando otro cliente cazó a Manoliño mirándola, le dijo: «La llamamos la Miss». Se sentó en una de las mesas del fondo y, en pocos minutos, comprobó que al bar entero se le caía la baba. Rosaura llamaba a cada uno por su nombre y para todos tenía una pregunta o un cariño con el que acompañaba la consumición o las gracias por la propina. Se imaginó allí al hombre rubio con hoyitos de la foto de la boda con su acento extranjero y los entendió. ¿Cómo no iba a sentirse su padre atraído por aquella morenaza, y viceversa? Cuando ella se acercó y le preguntó qué quería, sin embargo, pensó en su madre y sintió mucha rabia.

—Soy Manuel Barreiro hijo. Quería, de momento, un café.

A la Miss le cambió la cara. Se fue a la barra desencajada y volvió con dos cafés.

—¿Me puedo sentar?

—Por supuesto.

—Te pareces mucho a él —dijo.

—No lo sé. Hace años que no lo veo —respondió él, con una sonrisa también.

En el bar empezó a entrar gente porque ya era la hora de comer y, celosos por la atención que estaba recibiendo el nuevo, los clientes empezaron a canturrear su nombre: «Rosaaaura, Rosauraaa».

—¿Tienes prisa? —le preguntó ella.

—Ninguna.

—¿Y hambre?

—Un poco.

—Pues quédate aquí. Ahora te traigo el menú del día, y cuando todos estos se vayan hablamos un rato, que a las cuatro y media viene la camarera de la tarde. ¿Trato?

—Trato.

Rosaura le reservó el mejor filete, y Manoliño volvió a inquietarse calculando lo que le iba a costar. No tenía un poco de hambre, le rugían las tripas desde el día anterior y el bistec voló del plato, como el trozo de tarta que vino después. Entre eso y los nervios se puso malísimo y Rosaura tuvo que prepararle una manzanilla. Cuando ya solo quedaba una mesa ocupada y llegó la segunda camarera, la desconocida que sabía de su padre mucho más que su hijo le dijo:

—Ven, vamos fuera a fumar un cigarro.

Una de las conversaciones más importantes de su vida duró exactamente lo que se tarda en fumar un cigarro, que en su caso fue el primero y el último.

—Hace mucho que no sé nada de él. Intenté ayudarlo, pero no se dejaba.

—¿Cuándo lo viste por última vez?

—¿Hace dos años? No sé decirte. Ya hacía tiempo que se había ido de la casa donde ahora vive Norberto, pero un día volvió al bar, a verme.

—¿Tienes idea de dónde puede estar ahora?

—No. Aquel día... —dudó—, aquel día estaba especialmente hundido. Dijo que era tu cumpleaños.

—¿Te habló de mí?

—Hablaba mucho de vosotros. Y me enseñó fotos. Tu madre es una belleza.

—¿Y no te dijo dónde estaba viviendo?

—No. Cuando llegó ya estaba borracho. Costaba mucho entenderle. Repetía que las mujeres éramos muy generosas. Aunque al momento se enfadaba conmigo porque me negaba a ponerle otra copa. Le pregunté si tenía a alguien que pudiera ir a buscarlo, que lo ayudara, y me habló de una tal María que tenía un puesto de flores, pero dijo que también ella se había cansado de él. Luego se encaró con otro cliente y tuve que pedirle que se marchara, porque a él le habrían partido la cara y a mí me habrían despedido.

En ese momento, la otra chica se asomó al callejón y le pidió a Rosaura que volviera dentro porque acababa de llegar Ernesto, el encargado.

—Siento mucho haberte entretenido.

—Yo me alegro mucho de haberte conocido.

—Yo también.

—¿Necesitas algo? ¿Dinero? ¿Un sitio donde dormir?...

—Nada. Muchísimas gracias.

—No es malo tu padre. Lo que le pasa es que no sabe sufrir. Y como no sabe, bebe.

Fue lo último que le dijo antes de tirar el cigarro al suelo y darle un beso. Al abrir la puerta del bar oyó otra vez: «Rosauuura, Rosauraaa»...

Manoliño se dirigió, preguntando a unos y a otros, a la plaza Belgrano. Cuando llegó ya había oscurecido. En un bar le dijeron que las floristas solo estaban hasta las cinco de la tarde y que muchas vivían en unas caravanas que aparcaban cerca de allí. Manoliño buscó una pensión, aunque no pegó ojo en toda la noche. Aún no se había hecho de día cuando ya estaba delante de una decena de caravanas dormidas. Un hombre en calzoncillos abrió, tosiendo, la puerta de una de ellas. Él se acercó y le preguntó si sabía cuál era la de María, la florista.

—¿Otro gallego? La de María es la del fondo.

El hombre en calzoncillos se metió en su caravana y Manoliño trató de seguir sus indicaciones, pero no fue capaz. Su cuerpo se había agarrotado totalmente y la escena le recordó a esos sueños donde alguien te ataca y cuando vas a gritar para pedir ayuda no te sale la voz. Por fin logró moverse y decidió alejarse para serenarse un poco. Fue entonces cuando vio cómo de la caravana que le habían señalado salía una mujer con un bebé llorando en cada brazo. Al abrirse la puerta reconoció el pelo rubio de la foto de boda. María tiró un beso hacia el interior y se alejó corriendo, quizá para dejar a los pequeños con alguna amiga antes de empezar a trabajar. Manoliño se quedó allí parado, muy quieto, buscando las fuerzas para llamar a aquella puerta y sin entender lo que había visto. Seguramente, aquellos bebés eran sus hermanos. Esa era la otra familia de su padre, la vida paralela que él tantas veces había imaginado. Cuando se convenció de que esa era la única posibilidad, se dio la vuelta y empezó a caminar. De repente se le había olvidado el guion, todas aquellas frases y réplicas que llevaba preparadas desaparecieron de su cabeza. Caminó durante horas, tratando de recordarlas. Y a las nueve de la noche, rendido, regresó a la pensión.

Tenía las mismas dudas que el pobre Norberto, pero alguna responsabilidad más porque él sí conocía a la principal afectada por aquella información. Debía decírselo, porque para eso había ido hasta allí, para cerciorarse, pero no sabía cómo. ¿Cómo se le dice a una mujer, que además es tu madre, que su marido tiene una familia paralela? ¿Cómo se le comunica que todos esos años de espera, de angustia, de preocupación por lo que le habría pasado tenían, en realidad, una explicación tan simple y vulgar como aquella? ¿Debía darle detalles de lo que había visto o solo el titular? ¿Provocaría esa falta de datos que ella siguiera torturándose, imaginándose cómo era esa otra familia, en qué condiciones vivían, la edad de ella, a quién se parecían los bebés...? ¿Debía decírselo él o pedirle a Pablo que lo hiciera? A esas alturas no podía ocultarle que había hecho ese viaje.

Estaba tan preocupado por cómo reaccionaría su madre cuando lo supiera, que no se paró a pensar cómo le había afectado a él lo que acababa de ver: su padre con otra mujer, con otros hijos, en otro país, sin remordimientos. La información, en todo caso, le había provocado un cansancio extraño, el agotamiento del que acaba de terminar un maratón. Le dolía todo el cuerpo, desde la cabeza hasta los pies. Tenía el estómago revuelto y mucho sueño. Se durmió pensando que al día

177

siguiente volvería a casa, pero de repente abrió los ojos y estaba de nuevo en el patio de las caravanas. Justo en ese momento se abrió la puerta y Manuel Barreiro vio a Manuel Barreiro.

Se quedaron un rato así, mirándose. Manoliño sabía perfectamente a quién tenía enfrente, pero no estaba seguro de que él le hubiera reconocido. Finalmente se acercó, muy serio, apretando sin darse cuenta los puños y los dientes. Cuando estuvieron a poco menos de un metro, es decir, a la distancia de un abrazo, se detuvo.

—¿Sabes quién soy?

—Claro que sí. ¿Quieres pasar?

La caravana era un truco de magia. Por dentro resultaba aún más pequeña que por fuera. No había un solo milímetro sin ocupar y la primera sensación era de desorden, aunque al mirar detenidamente los objetos, incluido algún juguete, todo parecía tener un lugar asignado. Manoliño trató de imaginar cómo podían vivir dos adultos y dos bebés en un espacio así y no fue capaz. Olía, eso sí, a flores.

—¿Quieres tomar algo?

Con el tiempo, al revisar mentalmente aquella conversación, Manoliño repararía en cómo las convenciones aparecen incluso hasta en los momentos de mayor tensión: alguien llega a una casa que no es la suya y se le ofrece algo de beber o de comer, aunque no sea una casa, sino una caravana destartalada, y el anfitrión te deba mucho más que un café o un vaso de agua. Y si te ofrecen algo, aunque te apetezca, aunque esa misma noche hubieras soñado que le abofeteabas la cara, dices siempre:

—No, muchas gracias.

Se sentaron en lo que parecía la mitad de un sofá, más que nada porque no se cabía de pie. Pensó que su madre, de haber estado en su lugar, habría hecho una broma en ese preciso momento, y efectivamente había algo cómico en aquella escena: un hombre pone diez mil kilómetros entre él y su familia; cuando su hijo mayor va a preguntarle por qué los abandonó, la conversación tiene lugar en un espacio minúsculo, separados apenas por unos centímetros y apoyados sobre un estampado de plástico que provoca que cualquier movimiento, por leve que sea, suene a otra cosa.

—Solo he venido para cerciorarme de que seguías vivo y preguntarte por qué no te pareció importante compartir esa información con tu mujer y tus hijos.

El sarcasmo no estaba previsto, pero salió.

—Si me disculpas, yo sí voy a ponerme algo —dijo Manuel.

—Son las nueve de la mañana.

—En Milagros no.

Manuel abrió un compartimento que hasta entonces parecía un trozo de pared y sacó una cerveza. Luego dijo:

—Sé que estás enfadado. Yo lo estaría. Ahora mismo, probablemente no hay nadie en el mundo que tenga tantos motivos como tú. Pero me alegro mucho de que estés aquí.

Manoliño sí había previsto aquello en sus ensayos. «Puede que intente embaucarte con sentimentalismos, pero tú lo que quieres, lo que necesitas, es información».

—¿Son tuyos los hijos de la florista?

Manuel comprendió que su hijo no estaba allí como tal, o no solo como eso, y recordó a la pareja de detectives que fueron a verlo unos años antes para decirle que su padre se estaba muriendo y que su familia lo reclamaba en Milagros.

—Ni míos ni de la florista, son de su hermana. Se quedan aquí de vez en cuando. Pregúntame todo lo que quieras.

Manoliño se dio cuenta de otra cosa: no creía una sola de las palabras que salían por la boca de aquel hombre.

—¿No tienes otros hijos? —insistió.

—No.

—¿Y otra mujer?

—Ha habido varias mujeres que han querido ayudarme, como María. Supongo que les doy pena. Cuando toco fondo, dejo que lo intenten, pero mi única esposa se llama Lola Sanfíns y es tu madre.

—¿Por qué no volviste?

—Porque estáis mejor sin mí.

—¿Y por qué no le explicaste a mamá que no ibas a volver?

Manuel meditó la respuesta durante tanto tiempo que, cuando por fin habló, parecía que acababa de descubrir el motivo en ese preciso momento:

—Por vergüenza, por cobardía, y creo que porque, aunque suene ridículo, pensaba que si no daba explicaciones de por qué no volvía, algún día todavía podría hacerlo.

Manoliño meditó aquella réplica que tampoco venía en el guion.

—Eso es lo más egoísta que he oído nunca. ¿Nunca te has parado a pensar lo que ha supuesto esa falta de noticias para nosotros? ¿No te daba pena imaginar a mamá todos estos años con esa ropa de luto, sin saber si era una viuda ficticia o de verdad?

—Tienes toda la razón. Todos los cobardes somos, fundamentalmente, egoístas. Pero aunque no me creas, porque entiendo que es imposible creerlo, sí, he pensado muchas veces lo que mi ausencia estaba provocando, y sí, me daba mucha pena pensar en Lola y en todo el tiempo absurdo que estaría dedicando a pensar en mí. ¿Puedo preguntar yo?

—Aún no. Mamá ha sido muy desgraciada por tu culpa. Lleva años esperándote. Creo que no eres consciente del daño. Esperar no es vivir. ¿Tú has sido feliz aquí?

—Nunca. La última vez que fui feliz estaba en Milagros, con vosotros. Luego, créeme, nunca más. Tampoco lo merecía.

—¿Y entonces? No lo entiendo.

—Nunca me adapté. Me equivoqué mucho. Empecé beber, a jugar. Y cada vez era más difícil salir de ahí, volver a tener una vida normal. No os merezco, y no lo digo por decir: estáis mejor sin mí. ¿Puedo preguntar yo?

—Sí.

—¿Mamá sabe que estás aquí?

—No.

—¿Y qué le vas a decir cuando vuelvas?

—Aún no lo he decidido.

—Quizá sea mejor que piense que he muerto.

—Quizá.

Unos años antes, cuando los detectives lo localizaron en la pensión para decirle que su padre se estaba muriendo, Manuel quiso regresar a casa. No tenía dinero para el billete, pero pensó que podía pedirle a su hermano que le enviara un giro y luego pasar el resto de sus días intentando compensarles por el daño que había hecho. No era un plan perfecto, pero era un plan, el primero que hacía en mucho tiempo. Después todo se emborronó, siguió bebiendo, que era la forma que tenía de convencerse de que no sabía ni servía para hacer otra cosa. Desistió. Pablo supo, a través de los detectives, que su hermano estaba vivo y que tenía problemas con el alcohol y el juego. Como le informaron de que le enviaría una carta, esperó a recibirla para contarle a Lola y al resto de la familia las noticias que tenía de Manuel. Pero la carta nunca llegó y Pablo se calló durante años aquella información, hasta que un día, en uno de esos juegos nocturnos, Lola preguntó:

—¿De verdad los detectives te dijeron que Manuel había muerto o fue una mentira piadosa para tu madre?

—Está vivo. O lo estaba entonces. Prometió escribir una carta que nunca llegó. Él no volvió, y pensé que esa información no era buena para nadie.

Cuando Manuel abrió la cuarta lata de cerveza, Manoliño entendió que tenía que marcharse. Al levantarse, chocó con el techo, el padre le acarició la cabeza. «Pasa siempre», le dijo, y el niño que ya no lo era dio un respingo. Le habría gustado decirle algo importante a su hijo, una de esas frases redondas que se oyen en las grandes despedidas, pero no es fácil manejar lo trascendente; a menudo la gente se comporta de manera torpe en las circunstancias que requerirían mayor destreza o temple, de modo que lo último que le dijo fue:

—Vuelve cuando quieras.

Y lo último que escuchó Manuel fue:

—A mí no se me ha perdido nada aquí.

Las frases, que no eran las que hubiesen querido decir, quedaron flotando en el aire.

Siempre había sido hipocondriaco, aunque no llegó a oír a nadie pronunciar esa palabra y probablemente ni la conocía. Si algún vecino hablaba de alguna enfermedad, inmediatamente él notaba los síntomas. Y sin embargo, cuando empezó a sentirse enfermo de verdad, cuando nada de lo que ocurría podía justificarse con algo sin importancia: cansancio, algo que había comido en mal estado, una mala postura al dormir, el peso que había levantado esa mañana…, Manuel retrasó la visita al médico. Tenía miedo a conocer la verdad.

Cuando acudió al hospital, tenía la piel completamente amarilla. El doctor encargó unas pruebas, pero sabía el diagnóstico desde que lo vio entrar por la puerta.

—¿Por qué ha tardado tanto en venir?

Manuel respondió con un gesto, el que había visto repetir en casa, en Milagros, y después a todos los compatriotas que se fue encontrando en el extranjero: se encogió de hombros. Era el gesto que resumía una frase de Castelao: «Los gallegos no protestan, emigran», y una forma de ser y estar en el mundo.

—No le voy a engañar, no pinta bien. Vamos a hacer unas pruebas. ¿Le acompaña algún familiar?

Manuel nunca se había sentido tan lejos de casa como aquel día.

—No. Estoy solo.

Tenía casi cincuenta años y nadie cerca con quien compartir aquella información. El doctor se levantó, le puso una mano en el hombro y le entregó unas recetas:

—¿Con esto me curo?

—Me temo que esto es solo para el dolor.

Quería preguntarle por el tiempo, pero no se atrevía.

El médico, que intuyó lo que le preocupaba, dijo:

—Cuando tengamos las pruebas, hablaremos de los plazos. Hay tratamientos para… retrasarlo.

Muchas veces después trató de recordar qué hizo aquel día al salir del hospital, pero no fue capaz. Lo más probable es que se emborrachara. Sí era consciente de que lo primero que le vino a la cabeza cuando le confirmaron el diagnóstico y los plazos fue el olor de Lola, que olía a casa, a calor.

Estaba muy cansado. Hacía tiempo que sentía ese tipo de agotamiento que no impide moverse, pero que en la práctica retiene a su huésped: no tenía ganas de hacer nada. Vivir sin ganas era una forma de estar muerto, así que pensó que por ese lado no perdía nada. Sí le daba miedo la lista de padecimientos que le había anticipado el médico: «Le pasará esto y esto otro. Le dolerá aquí y aquí y también aquí. ¿De verdad no tiene a nadie que le acompañe? Existen algunos grupos...».

Manuel salió de la consulta casi consolando al doctor, que le dio un abrazo, el primero que recibía en mucho tiempo. Cuando ya había experimentado todos los síntomas de la lista, sacó de un cajón su foto de boda, la puso en la mesa y se sentó a escribir la carta que llevaba años demorando. Le asustó lo poco que se parecía ya al chico de la foto y trató de imaginar cómo sería ahora la chica, guapísima, que le cogía del brazo. Pensó que ya no vestiría con las prendas que él recordaba, que tendría aficiones y amistades nuevas, puede que hasta hubiese aprendido a cocinar. Mantendría, estaba seguro, esa risa escandalosa, pero él ya no sabía lo que la hacía reír. Al igual que no sabía cómo rellenaba el día, ni en qué lado de la cama dormía o si lo que le había hecho, abandonarla, había alterado de alguna forma su salud y su carácter. Trató de imaginar qué habría hecho él a la inversa, si su mujer se hubiera ido a otro país con la promesa de volver y no la hubiese cumplido. Tuvo la convicción de que se habría vuelto loco, que habría muerto de pena. Le vino todo eso a la cabeza porque hasta este momento no se había permitido pensar en su familia. No se dejaba. Cada vez que aparecían en su mente buscaba la forma de espantar ese pensamiento, y lo más rápido solía ser una botella. Pero aquel día no podía evadirse porque iba a escribir una carta que debió haber escrito mucho antes. Nunca se había atrevido y si ahora había reunido el coraje para hacerlo, para explicarse, era solo porque ya no tenía remedio: era una despedida.

Pasó muchas horas sentado frente a la foto sin escribir una sola línea, pensando, por primera vez en mucho tiempo, en el futuro, en la muerte. Todos nacen y mueren, pero irse no iba a homologarlo a los demás. Era peor que todas las personas que conocía, nadie había sido tan egoísta como él, y eso impedía que fuera a tener una muerte convencional, con lágrimas, seres queridos lamentando la pérdida, palabras de recuerdo, coronas de flores, una esquela diciendo «Tu familia no te olvida»…

Nadie lo iba a echar de menos. Llevaba muchos años sin dar señales de vida a las únicas personas que le importaban, que es lo más parecido a estar muerto. Y sin embargo, mientras analizaba todo esto, al dejarse pensar por primera vez en tanto tiempo en Lola, Celia y Manoliño, sintió otra vez ganas de algo, unas ganas terribles de verlos. La carta en la que iba a despedirse se convirtió así en una que pedía permiso para volver.

En la puerta apareció un hombre destruido. Irreconocible. No debía de pesar más de cincuenta kilos. Sus ojos azules estaban al fondo de unas enormes sombras negras, como dos canicas brillantes en un pozo de alquitrán. Había perdido el pelo. «Se me cayó», dijo. La voz tampoco se parecía a la que ella recordaba. Era una especie de susurro, como si cada palabra le supusiera un esfuerzo mayúsculo. Pero al tocarse la cabeza para señalar la calva había sonreído y allí habían aparecido, como un premio, los dos hoyitos. Era todo lo que quedaba del hombre con el que se había casado hace una vida entera.

—¿Tienes hambre?

Manuel rompió a llorar.

Lola cogió la maleta y la llevó hasta la habitación de sus padres. Luego se dio cuenta de que Manuel no tendría fuerzas para subir las escaleras.

Temblaba de frío aunque no lo hacía, y encendió la *lareira*. En la cocina estaba todavía la bolsa con los ingredientes para la empanada que había llevado Pablo. Lola ni se había dado cuenta. Preparó una sopa y unos huevos, pero Manuel solo consiguió llevarse a la boca un par de cucharadas.

—¿Es porque no tienes hambre o porque no tienes fuerzas?

—Las dos.

Lola le dio unas cuantas cucharadas más. Los dos mirándose, en silencio. De las canicas azules caían lágrimas, y la piel de su cara estaba tan seca que el recorrido quedó marcado como si le hubieran pasado un rastrillo.

—¿Cómo están los niños?

—Ya no son niños. Manoliño trabaja en los astilleros de Ferrol y Celia está en Santiago, estudiando para ser veterinaria.

—¿Tienes fotos?

Lola le enseñó parte de lo mucho que se había perdido. Unos carnavales, de los más de veinte en los que no estuvo. Dos primeras comuniones. En la romería, con el tío Pablo...

—Esta es en Argentina, cuando fue a buscarte.

—¿Lo sabías?

—Sí. Me lo dijo a la vuelta. Y yo pensando que ahorraba para una moto... Me dijo que no te había encontrado, pero que la gente con la que habló allí creía que habías muerto en un accidente de tráfico. No le creí. Pablo también me contó lo del detective.

—Me gustaría verlos.

—No les he dicho nada aún.

—¿Le dijiste a alguien que venía?

—Solo a Pablo.

—¿Y dónde está?

—En Ferrol, con Manoliño.

—No quiere verme, ¿verdad?

—Ahora trata de descansar. Vamos a convertir el sofá en una cama para que no tengas que subir las escaleras.

Manuel durmió dieciséis horas seguidas. Lola no pegó ojo. Su marido estaba en el piso de abajo, dos décadas después, y se moría. Pasó toda la noche examinándose. Decidió que no le guardaba rencor. Tampoco quedaba nada de lo que sentía la última vez que lo vio. Es difícil amar a alguien a quien ya no admiras. Pensó que había tomado la decisión correcta. La idea de que estuviera en aquellas condiciones en una pensión de mala muerte sin ninguna ayuda le pareció un castigo excesivo y no tenía ganas de castigarlo. Se dio cuenta. Ni siquiera se le pasó por la cabeza entregarle aquella carta que le escribió para despedirse de él. ¿Para qué? Lo único que la angustiaba era la reacción de sus hijos. «Manoliño se enfadará, pero Celia querrá verlo. Vendrán».

Manuel tenía muchas preguntas y pocas fuerzas. Lola se dio cuenta de que ya no le interesaban algunas respuestas. Fueron diez días extraños, de conversaciones, fiebres y cuidados. Él se cansaba mucho al hablar, pero quería explicarse, disculparse y saber todo lo que se había perdido. Para que Manuel hablase menos, Lola habló mucho. Le contó, por ejemplo, quiénes eran sus hijos, en qué personas se habían convertido, escogiendo anécdotas que los definían.

—Manoliño tardó once horas en nacer. Puede que ya entonces te estuviera esperando. Pesó tres kilos y medio. Ahora está flaco porque hace mucho deporte. Demasiado. Dice que es del Compostela, pero en realidad es del Madrid. Y no juega nada mal. Desde pequeño me ha dedicado muchos goles. Si hubieses estado aquí, nos los habríamos repartido. Tu padre le adoraba y Manoliño siempre quería estar con él. Cuando Anselmo enfermó y le explicamos lo que ocurría, dijo que ya se había dado cuenta porque pasaba mucho tiempo callado, «como si estuviera dormido, aunque no dormía». Siempre fue muy observador y muy sensible. Es con la persona con la que más me he tenido que esforzar para disimular si estaba preocupada o triste. Me protegió siempre, jamás dio un problema. Por ejemplo, no fue él quien me contó que un profesor del instituto le pegaba. Se lo contó una amiga a su madre y la madre a mí. Cuando le pregunté qué había pasado, me dio una versión edulcorada de lo sucedido. Dijo que fue «solo un par de veces» y que nunca llegó a hacerle daño. Pero la cicatriz de la frente no era de un cabezazo jugando al fútbol. Se la hizo una regla que ese profesor le lanzó un día desde la pizarra. ¿Qué habrías hecho tú al enterarte? Yo fui a buscarlo al instituto y cuando salió, lo abracé muy fuerte, lo asusté. Pensó que había pasado algo malo y así era, pero para él algo malo era algo malo en relación con los demás: a mí, a Celia, a Pablo... Le expliqué que estábamos todos bien y le pedí que me esperara en el café de enfrente. Él entendió en ese momento que me había enterado y quiso impedir que me encarase con el profesor. Dijo algo así como: «No vayas, mamá, no tiene importancia». No puedes imaginarte la sensación que produce saber que un desconocido le ha puesto la mano encima a tu hijo. Es rabia, por supuesto, pero también culpa. Una culpa insoportable. Entré en el instituto y pregunté por él, Mariano Loureiro. Estaba dando clase y le esperé. Creo que supo quién era yo en cuanto me vio, porque bajó instintivamente la cabeza. No se atrevió a negar los golpes. Sí dijo algo así como que a veces los chavales se ponen pesados, hacen demasiado ruido o demasiadas preguntas y es fácil perder los nervios. Le expliqué que yo trabajaba con niños y que jamás se me había pasado por la cabeza nada semejante. Le dije que no merecía la confianza que los padres habíamos depositado en él y le pedí que me acompañara a ver al director del centro. No lo hizo, pero no volvió por el instituto. Ese día aprendí un miedo nuevo, el miedo a no saber. Si Manoliño me había ocultado aquel problema podía ocultarme todos los que vinieran después.

»La primera niña que le gustó se llamaba Elena. Eso tampoco me lo dijo, pero no hacía falta. El pobre se derretía cada vez que nos cruzábamos con ella. Su novia de ahora se llama Belén y es una chica estupenda. Es de Ferrol, cariñosísima. Se cuidan mucho. Me encanta verlos hablar sin parar, compartiendo todo lo que les pasa, contándose todo lo que les ocurrió antes de conocerse. Me recuerdan a nosotros. A nosotros antes de que te fueras, claro. Un día ella le preguntó si pensaba marcharse; si, como tú, querría emigrar. Los oí desde el piso de arriba y admito que pegué la oreja. ¿Sabes qué le contestó nuestro hijo? «Yo nunca me separaría de ti. Todo lo que quiero está aquí».

» Celia fue más rápida al nacer, el médico casi se pierde el parto. Tu madre quería que le pusiéramos su nombre, pero no era el que tú y yo habíamos apalabrado, así que se tuvo que fastidiar. Quiso enfadarse conmigo por eso, pero la niña era tan bonita que se le olvidó. Es muy muy inteligente. Y no es amor de madre. Fue mucho más precoz que sus compañeros, incluso que la mayoría de los niños que he conocido. Por eso también fue más problemática que Manoliño. Como se aburría, hacía trastadas. Creo que se aburrió hasta que salió de aquí para estudiar veterinaria. Es la mejor de su promoción en una clase donde solo hay dos chicas. Se han hecho íntimas. No sabes lo que disfruto de nuestras conversaciones cuando me llama desde Santiago, excitadísima, feliz, para contarme sus aventuras universitarias. Ella sí ha hablado siempre mucho conmigo, aunque creo que, como Manoliño, también me ha ocultado sus problemas. Nunca me dejó que la viera triste.

»De pequeña cogía a menudo la foto de nuestra boda. Al principio yo pensaba que era porque le gustaba mi vestido y se lo arreglé para que lo llevara en la primera comunión, pero un día me di cuenta de que no me miraba a mí sino a ti. Creo que le preocupaba olvidarse de su padre, aunque nunca me lo dijo.

»Es más extrovertida que Manoliño. Muchas veces me han recordado a ti y a Pablo, tan distintos. En Milagros siempre han dicho que físicamente se parecen mucho a mí, pero desde bebés, cuando los miro, solo veo tu pelo rubio, tus ojos azules, tus hoyitos. Por fuera son réplicas perfectas de Manuel Barreiro. Por dentro no. No tuvieron tiempo de aprenderte o de imitarte.

Manuel lloraba en silencio. En la voz de Lola no había rencor, pero su relato resultaba abrumador. Era imposible no comparar aquella vida —la que pudo haber tenido— con la suya. Pensaba en cuánto le habría gustado tener algo que ver en la construcción de esas dos personas tan interesantes, sus propios hijos. Se imaginaba a Lola levantándolos sola, peleando por ser feliz y por que ellos lo fueran. Escuchándola, sentía que volvía a enamorarse de ella, de esa mujer que seguía siendo guapa y que, después de todo lo que él le había hecho, estaba allí, poniéndole al día.

—Anselmo no sufrió. Quizá al principio, cuando fue consciente de que se le escapaban los nombres y se le confundían los recuerdos. Tu madre sí sufrió mucho al verlo desaparecer poco a poco, pero era una mujer fuerte, y en esos meses nos descubrió que también era tierna. Le cantaba todas las noches para que se durmiera. Desde que Anselmo enfermó y hasta que ella se fue con él, pidió que te buscáramos. Estaba convencida de que habías muerto porque no concebía que nos hubieses olvidado. Los enterramos juntos, en el panteón familiar. Pablo les lleva flores todas las semanas, siempre dos ramos: el tuyo y el suyo.

»La casa se fue quedando vacía mientras Milagros volvía a llenarse. Los que se fueron contigo regresaron a los pocos años, con dinero, ilusión y planes. Casi todas las casas que has visto al llegar no estaban cuando te fuiste: las construyeron ellos, los padres que sí vieron crecer a sus hijos. Ahora les despedimos a ellos. Se ha ido el hijo de Aurora, el de Carmiña, los dos de Pilar... Estoy segura de que Galicia sería campeona mundial en dos disciplinas: días de lluvia y despedidas. ¿Qué tiempo hace en Argentina? Bueno, da igual, nunca voy a ir.

»La que sigue igual es la casa de Julián. Qué desorden cuando Pepe y yo entramos aquel día, alarmados porque llevaba cinco días sin pasar por el bar. Aún no entiendo cómo podía ser tan disciplinado con sus camisas. A veces viene su hija, Matilda, a pasar el fin de semana con su familia. Nos enteramos de su existencia cuando encontramos muerto al pobre Julián. Él también había hecho algo terrible, por eso bebía tanto. Nos lo explicó en una carta, donde también contaba que te había enviado dinero. Esas líneas fueron la primera señal de que seguías vivo que tuve en años.

—¿Quién dibujó el retrato tuyo que hay en la entrada?

—Carlos, el hijo del herrero. Era el primero que tendría que haberse ido de aquí para entrenar y difundir ese talento, pero, no me preguntes por qué, quiso quedarse. Venía a las clases para adultos que monté en el bar y nos hicimos muy amigos. Le insistí mucho para que me dejara montar una exposición con sus dibujos, aunque fuera aquí mismo, en Milagros, pero no hubo manera. Hace un par de años le pedí que te dibujara, pero no como eras cuando te fuiste, quería que te imaginara cómo serías con el paso del tiempo. ¿Quieres verlo?

—Claro.

Lola volvió con el retrato, que guardaba en el cajón de las cartas.

—Estoy mucho más guapo aquí.

Lola se rio.

—La verdad es que sí.

—El pelo hace mucho. Ya no volverá a crecer. Bueno, nací calvo y moriré calvo.

Lola le pasó la mano por la cabeza.

—¿Por qué no descansas un poco?

—Aún no hemos hablado de Pablo.

—Luego. Ya habrá tiempo.

—No te creas.

Lola cerró las cortinas y le dejó dormir.

Había fantaseado mucho con lo que le diría, pero la primera vez que vio a su hermano no le salió ninguna de aquellas frases duras que había mascado durante años. Lo que salió, al ver a aquel hombre al que acusaba de haberle robado la vida, la única persona en la que podía pensar todos los días sin necesidad de verla, fue algo así como un «menos mal». No lo dijo, pero lo pensó. Menos mal que mamá no ha llegado a ver esto: un hijo más muerto que vivo, irreconocible salvo por aquellos hoyitos que se marcaron en su cara en cuanto él atravesó la puerta y Manuel dijo con una voz que también resultaba familiar: «Hermano».

Tardó varios días en ir a verlo, es decir, en cambiar de opinión. Porque en cuanto aquella carta estropeó el momento que llevaba años preparando, supo que Lola iba a aceptar y que su único margen de maniobra, lo único que podía hacer para demostrar su enfado, para hacer ver la enorme injusticia que se disponía a cometer, era negarse a verlo, pretender ignorarlo.

Los primeros días se fue a casa de Manoliño. «No me digas que te has peleado con mamá», dijo él, riendo y sabiendo que no era eso. Pablo se inventó una excusa, algo relacionado con unas compras que no llegó a hacer, y durmió tres o cuatro noches, por primera vez en muchos años, lejos de Lola y de Milagros. Lo de dormir era un decir, porque durante el día todavía había momentos en los que simulaba distraerse, ayudando a Manoliño a arreglar algo que no estaba roto o haciendo la comida para los dos, pero por las noches era imposible. Se imaginaba todo lo que estaría ocurriendo en su casa, lo que podía estar diciendo Manuel y la reacción de aquella mujer a la que adoraba a cada palabra y gesto de su hermano. Llegó a pensar, incluso, que lo de la enfermedad era mentira, un truco de viejo zorro para entrar en el gallinero. ¿Caería Lola en sus zalamerías? ¿Sería capaz de perdonarle? ¿De hacer como si nada? ¿Como si no hubieran pasado veinticinco años, dos semanas y nueve días?

Manuel sabía todo esto cuando vio entrar a su hermano por la puerta. Hacía dos décadas que no se veían, pero nunca había podido ocultarle nada. Tampoco cómo miraba a aquella mujer a la que, quizá por eso, él se acercó la primera vez. A petición suya, Lola fue a intentar convencerlo. «No hace falta que exageres, solo dile que me muero», bromeó él. Pablo, que la esperaba, había preparado mentalmente lo que le diría cuando ella se presentara, todos sus argumentos, bien razonados, lógicos, de sentido común, para no hacer lo que le iba a pedir. Pero tampoco salieron. Cuando la vio aparecer solo pensó: «No puede ser. No puede ser que la pierda ahora después de haber estado tan cerca». Finalmente decidió ir a verlo.

—Hermano.

—Hola, Manuel.

—Cuánto me alegra que hayas venido. Esa mujer puede convencer a cualquiera de cualquier cosa. Acércate un poco más.

—¿Así?

—Un poco más, que esto no se contagia. Mírate y mírame. Cuesta creer que sea dos años más joven que tú, ¿eh? ¿Cómo estás?

—Estoy muy enfadado. Porque te fuiste y también porque has vuelto.

—Yo también. Lo he hecho todo muy mal, pero todo en lo que me he equivocado yo, tú lo has hecho mejor que nadie. Siempre ha sido así.

—¿Por qué has tardado tanto?

—Por vergüenza.

—Mamá sufrió mucho…

—Lo sé. Julián me mantuvo informado un tiempo.

—Hasta el último día, mamá te justificó. No concebía la verdad, que nos abandonaste a todos.

—Hay amores incondicionales que lo perdonan todo, que siempre esperan lo mejor del otro. Pero tú eso ya lo sabes.

—¿Y por qué no escribiste? Aunque fuera solo a mí.

—Por lo mismo, por vergüenza. No lo ves porque la enfermedad lo tapa todo, pero ahora mismo estoy colorado como un tomate. Soy el hombre que lo hizo todo mal delante del hombre que lo hizo todo bien. Saberlo quizá no sea suficiente, pero créeme que es un castigo.

—Lola...

—Ya tardaba en aparecer. Ven, anda. Acércate más. Más. Así. Al oído.

Cuando Lola le preguntó qué le había dicho Manuel, Pablo solo le contó esa última frase: «Cuídamela. Yo no supe».

El día antes de morirse, sabiéndolo, Manuel llamó a Lola.

—Cada vez que te veo entrar por esa puerta, durante un momento me encuentro perfectamente. Son unos segundos en los que no me duele nada, no me cuesta nada, y pienso que debieron de equivocarse en el diagnóstico porque me siento bien, muy bien, como si aún estuviese vivo.

—¿Necesitas algo?

—Solo que te acerques más. Quiero darte las gracias.

—No hace falta que tengamos esta conversación todos los días.

—No lo entiendes, Lola. Yo me había convertido en una piedra. Ahora me da pena morirme.

Lola le puso la mano en la frente.

—Estás ardiendo.

—Ahora me da pena morirme y por eso sé que vivir ha valido la pena. Te lo debo a ti. Todo lo bueno que me ha pasado te lo debo a ti. Siento muchísimo no haber estado a la altura.

—No pienses ahora en eso. Trata de descansar.

—Enseguida. Pero quiero que lo sepas: he vuelto solo para eso, para decirte que siempre has merecido mucho más. Lola, si lo ves, cógelo. Me gustaría ver a los niños esta tarde, ¿podrás avisarlos?

—Por supuesto.

A la cama donde fueron concebidos hacía una vida entera se acercaron esa tarde el bebé de los hoyitos y la niña de las pestañas que daban la vuelta a la manzana.

—Se cansa enseguida. No le dejéis hablar mucho —les dijo Lola al acompañarlos hasta la puerta de la habitación.

—¿No entras?

—No. Os dejo solos. Voy a preparar algo de merienda.

Les impactó mucho su aspecto. No quedaba casi nada del hombre que Manoliño había visto en aquella diminuta caravana en Buenos Aires, ni del hombre del retrato de boda con el que Celia se examinaba cuando era pequeña. Inconscientemente, los tres hicieron, al verse, el mismo ejercicio: enumerar mentalmente los recuerdos compartidos. Eran pocos. En realidad eran unos desconocidos, pero eran un padre y sus hijos y los tres lamentaron en ese preciso momento que esa fuera la última vez que se iban a ver.

—Acercaos. ¡Qué alegría me da veros! Sois aún más guapos que en las fotografías que me ha enseñado vuestra madre.

—Hola, papá —dijeron Manoliño y Celia, por primera vez en mucho tiempo.

—Esto es muy raro, ¿a que sí? —preguntó sonriendo.

—La verdad es que sí —respondió Manoliño, quedándose a la mitad de una sonrisa.

Claro que era raro. La persona que, junto a su madre, los había traído al mundo, la que había participado en la elección de sus nombres poco antes de desaparecer, primero durante meses y luego del todo; el hombre cuyos genes compartían, y que incluso con la enfermedad eran, ahora, evidentes a simple vista; el que, sin estar presente, había condicionado la mayor parte de sus vidas, estaba allí, delante de ellos. Celia, pensó, en cuanto le oyó decir «Esto es muy raro», que aquella era la primera vez que se veían siendo adulta y que, además, iba a ser la última. Tuvo, por ese motivo, la sensación de estar siendo, de alguna forma, examinada, de tener que demostrar al hombre de la fotografía quién era y lo que se había perdido, y eso hizo que, junto a todo lo demás, apareciese también un poco de rabia. «Pues sí, es muy raro, pero porque tú lo has querido. ¿Qué pretendes ahora? ¿Qué parte de mi vida quieres que te cuente?», se imaginó diciéndole. Pero no lo dijo.

Tampoco Manoliño dijo en voz alta lo primero que pensó en cuanto entró en la habitación: que su padre no podía escapar, abandonarlos de nuevo, por la única razón de que estaba más muerto que vivo.

Manuel sentía que estaba ante un jurado, sometiéndose a la prueba más difícil de su vida, y aunque llevaba semanas preparándose, temía meter la pata, fracasar. Había muchas formas de hacerlo: asustándolos, emocionándose de más; edulcorando su relato o siendo demasiado explícito. Temblaba por fuera y por dentro. Por la fiebre y por el miedo.

—Bueno, vamos a hacerlo lo mejor que podamos. Gracias a los dos por venir. No os conozco y no me conocéis. Vosotros no os habéis perdido nada, pero yo sí, muchísimo, y no sabéis lo que me arrepiento. Pertenecéis a la mejor parte de mi vida, la única que puede llamarse así, porque en cuanto salí de aquí, de vosotros, todo fue un mal sueño, una pesadilla. Me ha conmovido conoceros a través de Lola, que me ha ido contando cómo sois, lo que os gusta y lo que no, a qué os dedicáis, quién os acompaña... También me ha enseñado muchas fotos. Cuánto habría presumido de vosotros si no hubiera sido tan débil y cobarde.

—¿Necesitas algo? —preguntó Celia al ver que le costaba hablar.

—Un poco de agua. Es que se me seca mucho la boca. Perdonad.

Manoliño le acercó el vaso a la mano, hasta que se dio cuenta de que no podía sujetarlo y se lo puso en la boca. Le dieron ganas de acariciarle la cabeza, pero no lo hizo. Existía entre ellos ese pudor protocolario que separa a los extraños. El hijo no recordaba ningún contacto físico y el padre no se atrevía a pedirlo.

—Mucho mejor, gracias. Antes de esta enfermedad, tuve otra y entre los dos lo arruinamos todo. No os digo esto para justificarme, sino para que entendáis. Me sentía solo, inferior. Me comparaba con todos y siempre salía perdiendo. No estar a la altura de lo que se esperaba de mí me generaba mucha angustia, nunca descansaba, y empecé a beber. A beber y a jugar, como ya sabe Manoliño. Dejé de mandar sobre mí mismo. Os costará creerlo y no tengo derecho a pediros que lo hagáis, pero os prometo que he pensado mucho en vosotros todos estos años, y cada vez que me cruzaba con una chica o un chico de vuestra edad se me encogía el corazón.

Celia pensó en ese momento en todos los padres que conocía mejor que al suyo —los de sus amigos, el de su novio, los de sus vecinas de Milagros...— y en todas las veces que había sentido envidia, verdadera e insana envidia, al verlos hacer esas cosas que hacen los padres: reñir, abrazar, preocuparse.

—Lo que hice no tiene perdón, así que creo que tampoco tiene sentido pedirlo. Sí quiero daros las gracias por ser como sois, por haber cuidado de vuestra madre, de vuestra tierra y de vuestra casa. Me gustaría volver atrás para asistir al espectáculo de veros crecer, pero me conformo con haber podido ver, al menos, en quiénes os habéis convertido. En fin, que no servirá de nada, ni lo hago por eso, para que sirva de algo, pero yo me voy más tranquilo sabiendo que os he dicho, por lo menos una vez, que estoy muy orgulloso de vosotros y que os quiero con toda mi alma.

Hubo un silencio largo porque Manuel ya no podía hablar mucho más y porque Celia y Manoliño no sabían muy bien qué decir, cómo continuar aquel diálogo, efectivamente, tan raro, con su padre. Tenían miedo a herirlo, a que se les escapara, entre todas las emociones que sentían en ese momento, la más inconveniente. Era el hombre que los había abandonado, pero también un moribundo, el ser más frágil que habían tenido

delante. Cualquier reproche habría sido cruel.
Y cualquier gesto de cariño, precipitado.

—¿Tenéis alguna pregunta?

Celia se preguntaba, por ejemplo, si la pena
que sentía era por estar aquel hombre al borde de
la muerte o por ser aquel hombre al borde de la
muerte su padre. Manoliño quería saber si deseaba algo de él, si existía algo concreto que quisiera
escuchar o alguna última voluntad que pudiera
satisfacer, pero no se habla con los desahuciados
de la muerte, de la misma forma que no es posible
resumir una vida en una tarde. Tenían muchas preguntas, pero no se atrevieron a hacerlas. Además,
Manuel respiraba cada vez con más dificultad.

—A ver, ¿cuál es tu comida favorita? —dijo
entonces Celia, utilizando ese recurso que había
visto usar tantas veces a su madre.

—¡Las *filloas* de vuestra abuela, por supuesto!

Los tres se rieron recordando cuánto le gustaba a Virtudes hacerse de rogar para preparar las
filloas, sabiendo todos, desde el lunes que empezaban a pedirlas hasta el domingo que las dejaba
sobre la mesa, que claro que las haría; y que, además, pasaría todo el tiempo de preparación que
precisaran cantando. Aquella parte, la de las *filloas*,
la de la mujer que ya no estaba y que toda su vida

quiso aparentar ser más dura de lo que era, fue casi normal. Una conversación sobre madres y abuelas, fiestas y postres, como las que hay en cualquier casa de Galicia. Sin drama ni trascendencia.

Celia, que había pasado todo el tiempo, como Manoliño, a los pies de la cama, se acercó al cabecero y le hizo a su padre esa caricia que su hermano había estado a punto de hacer unos minutos antes. También le secó las lágrimas que empezaron a caer por su cara inmediatamente después. Manoliño le dio un beso en la frente y dijo:

—Gracias, papá, por venir a explicarte. Ahora vamos a dejarte descansar.

Lola los esperaba abajo, con café y galletas. Se sentaron junto a la *lareira* y estuvieron callados un buen rato.

—¿Cómo estás, mamá? —le preguntó Manoliño.

—Yo estoy bien siempre que vosotros estéis bien. Me alegra que haya vuelto, que nos haya dado sus explicaciones y que esté acompañado. Bueno, quizá «alegra» no es la palabra más adecuada, pero está mucho mejor aquí. Nadie debería morir solo.

Y volvieron al silencio. Algunas veces no hay nada más que decir.

Unas horas después, Lola subió con una manzanilla a la habitación. Manuel seguía temblando. Ella se descalzó, se subió a la cama y se tumbó a su lado. Se dio cuenta de lo poco que ocupaba ahora el cuerpo de su marido. Dos lágrimas quedaron de nuevo marcadas en su cara como la cicatriz de un navajazo. Lola las besó y sintió que había pegado los labios a un pote de caldo al fuego. Le cogió la mano con cuidado. La piel parecía papel de fumar, los huesos eran de cristal y cualquier movimiento provocaba un ruido similar al que hacen los sonajeros de los niños. Apoyó la cabeza en la almohada, se acercó al oído de su marido y dijo:

—Te perdono, rubio.

Manuel sonrió y no volvió a hacer nada más en su vida. Murió una hora después.

Como le prometió a su madre, Pablo enterró a Manuel en el panteón familiar. Pensó que no lloraría en el entierro de su hermano, pero lloró. Al llegar al cementerio se habían cruzado con dos niños, uno rubio y otro moreno, jugando a penaltis en la tapia. El padre Emilio, ya muy mayor, les pegó un par de gritos y los niños se asustaron.

Antes de perderlos de vista, Pablo les sonrió. El portero se le parecía. La cabeza del rubio brillaba con el sol.

—Y ahora la viuda va a decir unas palabras.

El cura intercambió su sitio con Lola y se alejó un poco.

—Todos me conocéis. Soy Lola Sanfíns Varela. La hija de Juan y Amelia, la madre de Manoliño y Celia, la esposa de Manuel, al que enterramos hoy junto a Anselmo y Virtudes. Me habéis ayudado mucho todos los años que esperamos a Manuel. Y por eso creo que es el momento de confesaros una mentira, o deciros la verdad, según se mire. Me conocéis. Pero lo que no sabéis es que Juan, mi padre, no está tan lejos de aquí. Él no se fue, como Manuel, a otro país. No nos abandonó. No os abandonó. Se echó al monte, con la batalla perdida, para defendernos. Y le hizo prometer a mi madre que si ocurría lo que al final ocurrió, no diríamos nada porque entonces quienes lo mataron y quienes lo celebraron nos harían la vida imposible. Mi padre fue un héroe. Manuel, una víctima, sobre todo de sí mismo. Del primero me siento profundamente orgullosa porque la mentira nunca eliminó eso, el orgullo. Al segundo lo despedí ayer, con una caricia, después de perdonarlo.

Os pido ahora que me perdonéis a mí por haberos ocultado la verdad y por haberos robado un ejemplo. Hoy vamos a enterrar a Manuel bajo una lápida con su nombre y apellidos, a la que podremos traer flores siempre que queramos. Os pido ayuda para buscar a mi padre y a los que cayeron con él para poder hacer lo mismo: enterrarlos en un lugar digno junto a sus seres queridos. Se lo debemos. Gracias de corazón.

Hubo un silencio espeso justo antes de un aplauso largo. Después, Lola y Pablo invitaron a los vecinos a tomar un licor en casa. Cuando se fueron, los dos tuvieron la sensación de estar solos por primera vez, aunque en realidad lo estaban desde que Celia se fue a estudiar a Santiago. También tenían la sensación de ser muy jóvenes, casi unos adolescentes. Era el primer momento de libertad plena, total, pero Pablo dudaba de si era también el momento de acercarse más. Después de todo, Lola acababa de enterrar a su marido. Como le leía el pensamiento, fue ella la que se acercó para hacerle saber que sí, que por fin esa noche iban a dormir juntos.

Al principio, durante unos minutos, Pablo se desconcentró pensando en qué estaría pensando ella, si su hermano la tocaba de otra forma, si él conocía mejor lo que le gustaba y lo que no. Lola, que también se dio cuenta de eso, consiguió, sin hablar, que él dejara de pensar. Era de día cuando se durmieron, después de darse todos los besos y caricias que llevaban años guardándose.

—¿Es como te imaginabas? —le preguntó ella.

—Mejor.

—Lo que nos hemos perdido.

—Pues sí. Habrá que recuperar el tiempo.

Y volvieron a buscarse.

Al día siguiente de la muerte de su marido, Lola se quitó el luto que había llevado por su ausencia durante años. Si en Milagros alguien hizo amago de criticarla por ello, otro lo frenó en seco. La aldea entendía y celebraba la pareja que formaba con Pablo. Ellos eran el ejemplo, la prueba palpable de que eso que llamaban amor, eso que no era ni la compañía ni la conveniencia ni la costumbre, eso de lo que hablaban el cine y la literatura, existía. Aquel hombre llevaba toda su vida enamorado de aquella mujer y aquella mujer estaba enamorada de aquel hombre que la había esperado toda la vida. Y eso era un hecho, algo incontestable, como que Galicia arde y ve llover todos los veranos.

EPÍLOGO

Dos chicas le sonrieron tras el mostrador, como si hubiera algún motivo para hacerlo. No llevaban uniforme, pero vestían prácticamente igual, con un traje de franela gris y un tacón discreto. Una era rubia, otra morena. No llegaban a los veinticinco años. Pablo les dijo el nombre y pensó que era la primera vez que lo pronunciaba entero: Lola Sanfíns Varela. Al decirlo, le vinieron unas lágrimas a los ojos, pero las chicas, bien adiestradas, siguieron sonriendo como si no pasara nada. Le señalaron entonces la pared, donde había una pantalla. A Pablo le recordó a las que hay en los aeropuertos señalando las salidas de cada vuelo. El nombre del amor de su vida parpadeaba en letras de puntitos rojos y se sintió ridículo por haberse puesto el fular que le gustaba, del mismo color que las letras que parpadeaban. No se le había pasado por la cabeza vestirse de negro. Aún no se creía que ella hubiera muerto.

Se abrochó el abrigo.

La pantalla indicaba también una dirección: sala siete. Se volvió hacia las chicas que, sin que les dijera nada, ya apuntaban hacia allí. Aún sonreían. En la puerta de la sala siete del tanatorio estaba también el nombre completo, y debajo había una fotografía. Lola estaba seria y Pablo se enfadó. La imagen pertenecía a su vida antes de él, antes de ellos. Pensó en quién la habría escogido, quién se habría ocupado de aquellas cosas que él no había tenido fuerzas para organizar: escribir su nombre completo para que las chicas que sonreían lo introdujeran en la pantalla de aeropuerto; elegir, entre todas las fotos que se había hecho en su vida, solo una que la resumiera. Esta no lo era. Por favor, aquella mujer estaba siempre sonriendo, hasta cuando lloraba sonreía.

Sintió mucha rabia.

Pensó en la primera vez que la vio y en cómo ese día empezó a mirarla como si no existiera nadie más en el mundo. Y pensó que eso, exactamente, era querer: hacer que otro sintiera que no hay nada ni nadie más importante. Alguien llegó para abrazarlo. De espaldas a su foto vio a las chicas del mostrador, que seguían sonriéndole.

La sala siete era bastante más grande que su cuarto, donde fueron más felices. Dos señoras muy arregladas hablaban en susurros sentadas en un sofá de por lo menos seis plazas. Ellas sí iban de negro. Pablo se las imaginó despidiéndose de sus maridos mientras terminaban de acicalarse: «Ha muerto Lola Sanfíns, ¿sabes? Qué desgracia...». Ellas no le sonrieron. Hicieron un gesto con la barbilla e, instintivamente, Pablo se abrochó el último botón del abrigo por el que asomaba el fular rojo.

Pensó en todas las veces que se había planteado marcharse y en cómo habría sido su vida si lo hubiera hecho. Ahora no estaría allí, no se sentiría así. Pensó que la muerte se parecía a ese dolor fantasma del que hablan los que han sufrido alguna amputación. «Me duele la pierna», «la mano», «el dedo»..., dicen, señalando al aire.

Delante de las señoras que sí iban vestidas de manera apropiada había una mesa con pastas que nadie había tocado ni tocaría. También una especie de libro de visitas, donde ellas ya habrían puesto su firma. Al fondo de la sala, un pasillo. Y al final del pasillo, otra salita más pequeña y oscura. Detrás de un cristal estaba Lola, rodeada de coronas. «Tus antiguos alumnos»; «Olga», «María»; «Maruxa y Pepe»... Le pidió perdón por no haber encargado una con su nombre y pegó la frente al cristal. Estaba helado y Pablo pensó en su cuerpo frío. Ese cuerpo que pronto sería aire.

Alguien le cogió la mano. Era Manoliño. Tenía los ojos grandes, hinchados como nueces.

—Qué poco tiempo tuvisteis.

—No lo cambiaría por nada.

Se fueron al bar, donde los esperaba Celia. No sabían muy bien la hora que era, si tocaba comer o cenar, y pidieron unas cervezas. Uno de los tres hizo una broma sobre el camarero, un hombre mayor, ojeroso, y tan tan pálido que parecía haber salido ese mismo día del ataúd para cubrir una baja de última hora. Empezaron a reírse. Muchos momentos de aquella época —el hospital, las visitas, los mensajes de pésame— quedarían envueltos en una nebulosa. Les resultaría imposible, por ejemplo, asegurar a ciencia cierta quiénes se habían acercado al tanatorio, pero ninguno olvidó el rostro mortecino de aquel camarero porque uno nunca olvida la primera vez que vuelve a reírse después de algo terrible, después de pensar que nunca volverá a hacerlo. Las bromas sobre el zombi que les servía las cervezas —«¿Lo tendrán aquí toda la noche?»; «Habrá que dejarle una buena propina»— permitieron que los tres se relajaran, que descansaran un poco de la responsabilidad de estar tristes. Y una vez superada esa barrera, la de la primera risa, pasó eso que ocurre a veces en los funerales en los que gente que se quiere mucho despide a alguien, también, muy querido: cada uno eligió una anécdota, un recuerdo alegre con la persona que ya no estaba.

—Una vez le preguntaste a tu madre si las vacas nos entendían, ¿te acuerdas?

—Mmm.

—Eras muy pequeña. Estábamos en el monte con las vacas de Luis y tú te quedaste mucho rato mirando de frente a una de ellas. La llamabas Margarita, o puede que se llamara así. El caso es que volviste corriendo y le preguntaste a Lola: «Mamá, ¿las vacas nos entienden?».

—¿Y qué me respondió?

—¿Tú qué crees?

Celia se rio. No lo recordaba, pero se lo imaginaba.

—Me respondió con otra pregunta. ¿A que sí?

—Exacto. Te preguntó: «¿Tú qué crees?». Y respondiste que sí, que seguro que nos entendían porque nos miraban, nos escuchaban y nos conocían. Y que por eso teníamos que cuidarlas mucho, para que siguieran protegiéndonos y guardando nuestros secretos. Todos te dimos la razón. Yo creo que ahí fue cuando te hiciste veterinaria.

—¡Si Margarita hablara!

El camarero zombi ya no disimulaba su incomodidad y de vez en cuando intercambiaba gestos de censura cómplices con las personas que entraban en el bar del tanatorio con cara de a lo que venían, un funeral, y se sorprendían al oír las carcajadas —la risa de Celia era tan escandalosa como la de su madre— y ver la colección de cervezas sobre la barra junto al hombre no tan mayor y los chicos jóvenes. Ninguno de ellos quería a Lola menos de lo que los censores querían a quien acabaran de perder, pero podían lamentar la muerte o celebrar su vida, y en aquel momento, gracias a un camarero muy serio, eligieron lo segundo. A ella, que trató de ocultarles su enfermedad hasta el final, le habría gustado.

Milagros forma parte hoy de eso que llaman la «España vaciada». Durante un tiempo aún volvían sus antiguos vecinos en verano a la romería, a meterse en ataúdes para celebrar que no estaban muertos y dormir luego en esas pomposas «villas» que habían levantado para exhibir su sacrificio. Hoy son ellos, los del cementerio, los únicos que quedan en la aldea. Al final del camino de tierra, que nunca se asfaltó, solo se oye a los pájaros y la lluvia construyendo charcos que nadie pisa. En algunas de las casas abandonadas han nacido árboles que han roto esos tejados levantados teja a teja con giros postales enviados desde la otra punta del mundo.

Manoliño y Celia viven en Santiago y comen juntos los domingos. En una de esas comidas decidieron continuar la misión que su madre empezó aquel día en el cementerio, cuando enterraron a Manuel. A las pocas semanas, los vecinos de Milagros habían organizado un grupo para tratar de conseguir pistas sobre el paradero de Juan y el resto de los maquis de la zona, como detectives de su propia historia, pero se desanimaron pronto porque nadie quería hablar del tema. Años después, Manoliño y Celia localizaron a uno de los hijos del hombre del abrigo. Se llamaba Daniel y vivía con unos tíos suyos, ya muy mayores, en Orense. Fue uno de ellos el que abrió la puerta y el que quiso cerrarla en cuanto le explicaron quiénes eran y lo que hacían allí. Aún tenía miedo. Celia le dijo que no se marcharían hasta que hablara con ellos, y como eso le daba aún más miedo, el anciano, que se llamaba Antonio, los dejó pasar. En cuanto entraron en la casa cerró las cortinas y bajó las persianas. Toda aquella conversación tuvo lugar entre susurros.

—¿Qué queréis saber?

—Queremos saber dónde mataron y enterraron a Juan y a los maquis que acompañaban a su hermano Ramiro. ¿Vive aún?

—No tengo noticia de lo contrario.

—Nos gustaría mucho hablar con él y con su hijo. Tenemos entendido que vive aquí con usted.

—Ahora no está.

—Podemos esperar a que vuelva o venir otro día. ¿Y Ramiro? ¿Sabe cómo podemos localizarlo?

—Vive en Francia.

—Sí, eso nos habían dicho, pero ¿tiene algún teléfono o dirección postal a la que podamos dirigirnos?

—No sé nada de esas cosas.

—¿Qué cosas?

—Eso que queréis hacer es imposible. Mejor no remover el pasado, por lo que pueda pasar.

—¿Qué puede pasar?

—Que vuelvan.

—¿Quiénes?

—Prefiero no decirlo.

No había forma de sacarle nada más. Era evidente que las preguntas le incomodaban muchísimo, así que Celia y Manoliño decidieron esperar al hijo de Ramiro. Como la idea de que volvieran otro día le pareció aún peor, Antonio accedió. Sacó un café de pota y no volvió a abrir la boca. Quince minutos más tarde entró por la puerta un hombre de la edad que tendría su madre si aún viviera. Era Daniel. En cuanto apareció, Antonio salió despavorido.

—Perdonad a mi tío. Tiene mucho miedo porque se lo hicieron pasar muy mal. A él y a mi tía. Para que dijeran dónde estaba escondido mi padre, a ella le raparon la cabeza al cero, dejándole solo un mechón, y le hicieron beber media botella de aceite de ricino. Después la pasearon así por el pueblo. Nadie la ayudó porque el miedo, ya sabéis, volvió a todos ciegos y mudos. A él lo machacaron a golpes. Pero nunca hablaron. Gracias a eso, mi padre pudo escapar a Francia. Yo me reuní con él unos años después, hasta que me pidió que volviera para ayudar a mis tíos cuando ella enfermó. Murió hace quince años, la pobre, y desde entonces él no está fino. Se despista mucho, se pone de mal humor…, pero es un buen hombre.

—Siento lo de tu tía. ¿Y tu padre cómo está?

—Bien. Ese tiene una salud de hierro. Aunque también lo pasó muy mal cuando murió mi madre.

—Vaya. ¿Hace mucho?

—En la guerra. La atropellaron. Nunca quedó claro lo que pasó.

—Lo siento mucho.

—Todo desgracias, es lo que nos ha tocado. ¿Cómo puedo ayudaros?

—Nos gustaría hablar con tu padre porque queremos localizar el sitio donde enterraron a nuestro abuelo Juan y a otros maquis.

—Pues vais a tener suerte, porque fue él quien los enterró. Esa noche se había escapado para ver a mi madre, por eso salvó la vida. Cuando regresó, se encontró a sus compañeros muertos. Eran cinco. Los habían cazado como a conejos. A mi tío no le gusta nada, pero mi padre siempre me ha hablado de estas cosas.

—¿Dónde vive exactamente?

—Cerca de Carcasona. Os vais a reír: en la calle de la República. Estará feliz de ayudaros.

Ramiro viajó a España poco después. Cuando lo llamaron por teléfono contestó en francés, pero al escuchar a Celia cambió al castellano y sonó esa música inconfundible de los gallegos; así lleven treinta años trabajando y queriendo en otro idioma. No había perdido el acento. Y según les informó, tampoco la memoria.

—Sé perfectamente dónde están. Vamos a por ellos.

Les costó varios días dar con el lugar exacto, lo que frustró mucho a Ramiro, que no entendía cómo no aparecían y cada noche, hasta que dieron con la fosa, soñaba que volvía a enterrarlos.

A las doce de la mañana de un sábado, la cuchara de la excavadora sacó una bota sobre la que habían llovido setenta años. Y luego otra, y otra y otra...

Los arqueólogos les habían preguntado por algún rasgo u objeto que pudiera ayudarlos a identificar a Juan Sanfíns entre aquella cordillera de huesos. Manoliño y Celia recordaron que en la única foto que tenían, su abuelo llevaba un reloj de esfera. Les explicaron que los asesinos solían quedarse con ese tipo de cosas; que, antes o después de matarlos, les quitaban lo que tuvieran de valor, pero que no se preocuparan, porque había otras formas de averiguar la identidad de las víctimas. Con mucho cuidado y una especie de brocha, los especialistas iban retirando la tierra que cubría los huesos. Una de las más jóvenes, una chica que vino desde Argentina aquel verano para ayudar a la asociación, pidió una bolsa de plástico. Justo debajo de la cadera de una de las víctimas se había hallado un dedal. Otro preguntó si se buscaba a alguna mujer en la fosa y le contestaron que no, que allí solo esperaban encontrar a un grupo de maquis. Celia, al escuchar eso, corrió a verlo.

—No es de una mujer. Estoy segura de que lo llevaba mi abuelo. Mi abuela era costurera —dijo.

Antes de que se lo confirmaran, imaginaron a Juan Sanfíns apretando aquel dedal en su bolsillo mientras miraba de frente a la muerte. Además del dedal, los arqueólogos recogieron la hebilla de un cinturón, un peine, la montura de unas gafas, varios lápices de carpintero y unas monedas que aparecieron a la altura de los huesos del pie; supusieron que una de las víctimas se las metió en el calcetín en algún momento, cuando todavía pensaba que podían robarle, no matarlo. Y muchas muchas balas. El informe que enviaron a las cuatro familias que habían promovido la exhumación explicaba que junto a los proyectiles habían encontrado en los alrededores multitud de casquillos, lo que confirmaba que los habían asesinado allí mismo y que los cogieron por sorpresa, sin tiempo para defenderse. Una de las víctimas había sido ejecutada «a cañón tocante», con un tiro en la nuca. El más joven tenía unos diecinueve años, y el mayor, cerca de cuarenta y cinco. «Es posible estimar *in situ* un contexto traumático de muerte violenta», decía al final de la descripción de cada uno de los esqueletos.

Seis meses después tuvo lugar la entrega de los restos en el salón de actos de un colegio, que cedió el espacio e invitó a los alumnos del último curso a la ceremonia. Sobre el escenario, el equipo de arqueólogos y forenses colocó en fila las cajas con el nombre de cada uno de los maquis. Eran como ataúdes pequeños, y parecían esos cofres del tesoro que salen en los cuentos o en las películas sobre barcos hundidos. Después de todo, la misión era devolverlos a la superficie, recuperar su historia.

Manoliño le pidió a Celia que hablara. «Yo me emociono seguro. Tú vas a estar más serena». Ella aceptó a cambio de que la acompañara en todo momento. Finalmente, los nietos subieron al escenario y recibieron el cofre con los restos de su abuelo al mismo tiempo que un largo aplauso. Después, Celia se acercó al micrófono y dijo:

—Me llamo Celia Barreiro Sanfíns. El chico que llora es mi hermano, Manoliño, y el hombre que nos llevamos era mi abuelo, Juan Sanfíns. Ninguno de los dos llegamos a conocerlo. Mi madre apenas vivió unos años con él, pero nunca le olvidó. Siempre nos habló de él y por eso estamos hoy aquí, porque le prometimos buscarlo y enterrarlo junto a mi abuela Amelia. Aunque no lo conocimos, sabemos, por lo que nos contó nuestra madre, Lola, que fue un hombre valiente y honesto, un padre cariñoso y divertido, un marido enamorado que intentaba pasar el menor tiempo posible lejos de su mujer. Cuando estalló la guerra tenía treinta y cuatro años. Ahora nos puede parecer que era muy joven, pero entonces ya no era tan ágil. Pese a todo, cuando le pidieron ir con los del monte, no lo dudó. Querían resistir, proteger aquello en lo que creían y a los que querían.

»Su mujer, mi abuela, enfermó de pena cuando uno de sus compañeros, Ramiro, que nos ha ayudado a encontrarlos, le comunicó que su marido había fallecido. Al igual que tantos niños de aquella época, mi madre tuvo que hacerse adulta de golpe, antes de tiempo. Tal como habían acordado para que aquella muerte no tuviera más consecuencias, hicieron pensar a todo el mundo que Juan no se fue al monte, sino que había emigrado, como tantos gallegos, y había abandonado a su familia. Pero no era verdad. Juan no era un traidor, era un héroe, como todos los que lo acompañaban en la fosa y como el hombre que los enterró. A partir de mañana tendrá su nombre en la lápida de un cementerio, donde yacerá junto a su mujer y su hija. A los nuestros les hablaremos siempre de su bisabuelo, porque los niños necesitan ejemplos y porque estamos muy orgullosos de él. Mi familia cierra hoy una herida que no por antigua dolía menos. Gracias de corazón por arroparnos en todo este proceso.

Al día siguiente fueron al cementerio. Manoliño y Celia llevaron dos enormes ramos de flores. Pablo, el cofre con los restos. Antes de entregárselo al sepulturero, tocó aquel pequeño ataúd por última vez y dijo:

—Gracias por hacerla tan bien.

Los tres se emocionaron mucho al recordar a Lola y lamentaron que se hubiera perdido ese momento.

Pablo murió unos años después. Cuando Manoliño y Celia vaciaron la casa, encontraron los sacos con las cartas que había escrito a Lola cada noche. Las metieron en un baúl con el resto de los objetos que contaban su historia: fotos, regalos, algunos juguetes que les hizo cuando eran pequeños... Aquel ajuar sentimental era la prueba de que Pablo siempre había tenido razón: no hacía falta salir de una minúscula aldea para tener una vida que mereciera mucho la pena, para querer y que te quisieran.

Agradecimientos

A Modesto y Pura, por compartir sus recuerdos. A Lola Añón Canedo, por dedicar toda su vida a una sola cosa: querernos. A Dani de la Torre, por prestarme un refugio para pensar, escribir y dormir. A mis editores, y especialmente a Ana Lozano, que se empeñó en que escribiera una novela mucho antes que yo. A mi OTAN, sobre todo, a Isabel González-Cebrián, que ha preguntado por este libro casi tanto como mi editorial. Y a Galicia, la mejor musa: la patria del inventor del futbolín, Alejandro Finisterre, y el lugar donde aprendió a mirar un fotógrafo inmenso, Manuel Ferrol.

Este libro
se terminó de imprimir
en el mes
de julio de 2022